オトコの一理

堂場瞬一

集英社文庫

オトコの一理 目次

第1章　基本は体

第2章　ビジネスツールは生きざまだ

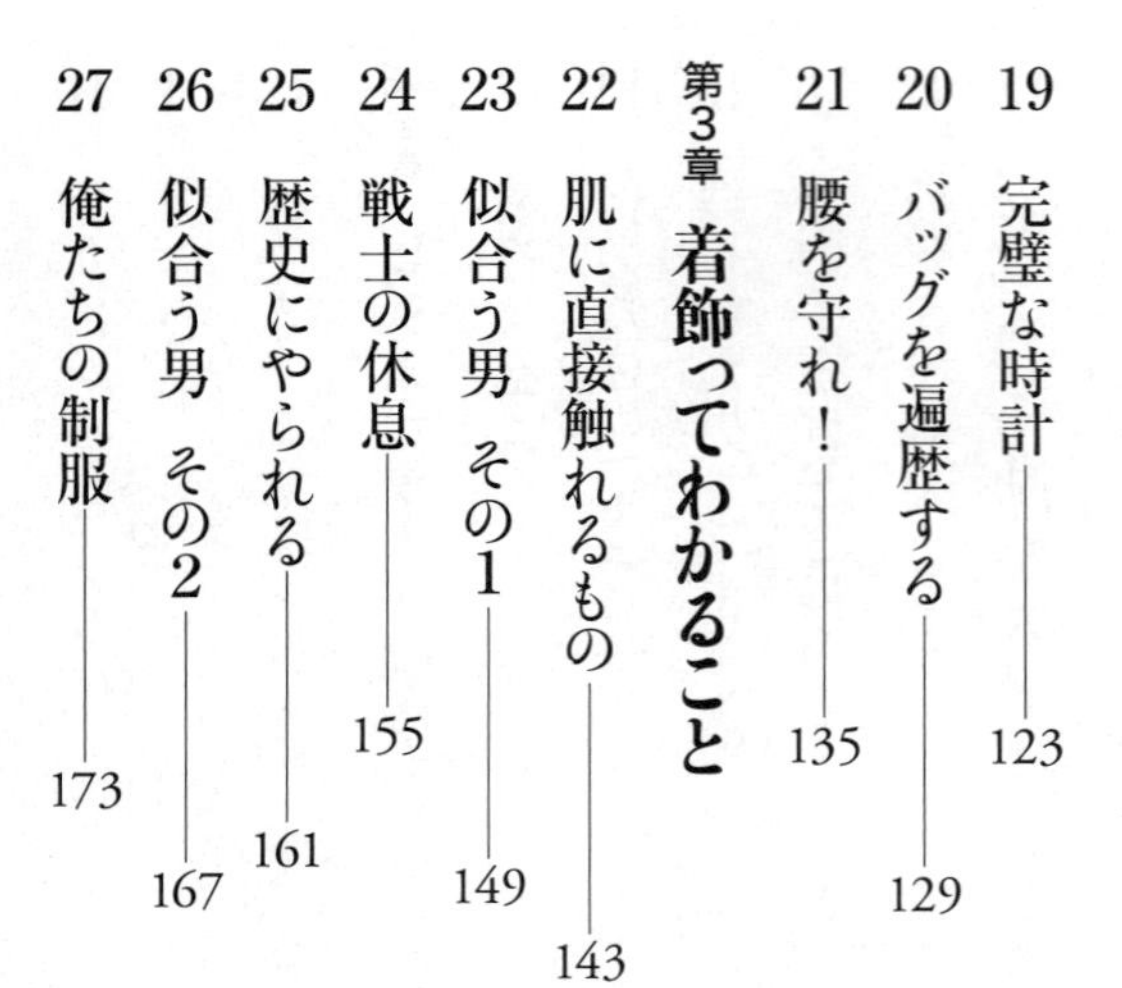

第3章 着飾ってわかること

第4章　趣味こそわが人生

オトコの一理

第1章

基本は体

1　体を締める

これは本当は反則ではないか、と思う。

もちろん、たかがトレーニングで、反則もクソもない。だが、何か重大な違反を犯しているような気がしてならないのだ。もう何年もこうやっているのだが、自分の行動を疑う気持ちを、どうしても消せない。

話は5年ほど前に遡る。

当時、俺は本格的にウェイトトレーニングを始めて3年ほどが経っていた。トレーニング用のウエアと言えば、〈ナイキ〉か〈アディダス〉のコットンのＴシャツが定番。だいたい、スポーツショップの１階で、〝３枚２０００円〟とかで投げ売りしているやつである。どうせすぐに汗臭くなって交換する消耗品だから、高い物を買う必要などない、と思っていた。

当時、俺を担当していたトレーナーが、常に汗だくでグレーのＴシャツを黒くしていた俺に警告した。

「そういう、コットンのシャツはやめましょう」

「どうして」

「体に悪いから」

「は？」

そういう彼——仮に「B」としておく——は、いつも長袖のジャージ姿だ。

「ここ、エアコンが利き過ぎてますよね」

「確かに」俺はむき出しの両腕を擦った。動いている間はいいが、終わると急に肌寒さを感じる。だからBは常にジャージを着ているわけか。

「それはしょうがないんですけど、汗っかきの人にとっては、あまりいい環境じゃない」

「まあね」

「だから、ウエアを変えましょう。最近、いい素材のやつがあるんですよ」

そう言って彼が紹介してくれたのは、明らかに俺の体格よりも2サイズほど小さいウエアだった。触ってみると、さらさらしていて伸縮性が高そうだ。

「これ、着られないんじゃないかな」思い切り引っ張ってみたが、自分の太い肩がこのウエアに収まるとは思えなかった。

「いいから、試しに着て下さい。着るのに時間はかかるかもしれませんけど」

Bの言う通りだった。次のトレーニングの機会に試してみたのだが、実際に着るまで、5分もかかったのである。首は通ったものの、その後が続かない。腕を通すのに無理な体勢を続けたせいか、肩が痙攣しそうになった。こんなもの、仮に着られても、きつくて運動なんかできないんじゃないか?

Bの前に出た時、俺は恥ずかしさすら感じていた。その頃の俺は、今より5キロほど重く、しかもそのほとんどが腹回りに集中していたから、太い体形が強調されたのだ。

「どうですか?」何故か、Bは満足そうだった。

「きつい」反射的に言ってしまったが、言うほどきつくない、というのが本音だった。むしろ、背筋がピンと伸びて、姿勢がよくなった感じがする。

「これは、筋肉の動きを積極的にサポートしてくれるウエアです。同時に、姿勢を矯正する。加圧トレーニングというわけにはいきませんけど……吸水性がよくて速乾性ですから、汗もすぐに乾きますよ。冷房対策にもいいです」

「それにしても、きついな」

それが間違った認識であることは、ほどなく明らかになった。

まず、トレーニング後の疲れが明らかに減った。それまでは、翌日、体のあちこちに痛みが残り、「これも超回復の試練だ」と自分に言い聞かせていたのだが、それがなくなった。

そして半月後、俺はチェストプレスの負荷を2ポンド上げていた。

以来、この手のコンプレッション系ウエアは、俺のトレーニングに欠かせないものになった。さすがに下半身まで締めつける気にはなれないが――要するに、脚が太い俺の体形ではみっともないのだ――上半身に関しては、とっかえひっかえいろいろな物を試してきた。締めつけの度合い、上半身のどの部分をサポートするか。いくつものウエアを試し、最終的に〈アンダーアーマー〉に辿り着いた。

ところで――。

〝ロボットスーツ〟というのがある。筋肉の動きをサポートするパーツを体に装着するもので、介護分野などでの活躍が期待される技術だ。コンプレッション系のウエアは、俺の感覚では、このロボットスーツを装着するに等しい効果がある。スポーツ産業は常に、新しいツールの開発を進めている。軽くクッション性の高いシューズ、抵抗を極限まで減らした水着、疲労を軽減し、体をサポートするコンプレッション系のウエア。

俺のように素人で、ただ体調を整えるために使う人間なら、そういう技術の恩恵を受けても問題はないだろう。誰かと競うこともないのだから。

だが、トップアスリートがこぞって着用しているのは、何かおかしくないだろうか。本来、肉体の純粋な能力のみで競うのがスポーツの醍醐味（だいごみ）であるはずなのに、最近はツールの助けを借りない選手などいない。一歩間違えば、ドーピングになってしまうはずだ。

「最近、どうですか」久しぶりにBが話しかけてきた。

「まあまあだね」個人トレーナーをつけていたのは昔の話で、最近の俺は自分で計画を立ててトレーニングをしている。「このウエアのおかげで……」と言いかけ、口を閉ざした。俺がやっていることは、つまるところドーピングではないのか？

「そうそう、また新製品が出るんです。さらに締めつけがきついやつなんですけど、評判はいいみたいですよ」

「それは是非、試してみたいな」

先ほどまでの考えが消散し、俺は思わず乗り気になって、Ｂから情報を聞き出していた。

その瞬間、俺は、二度と引き返せない橋を渡ってしまっていたのだ、と気づく。ドーピングだと分かっていても、コットンのＴシャツにはもう戻れない。このまま、ウエアの進歩につき合っていくしかないのだ。

2　不公平かもしれない話

俺は観客席から、スタート地点を凝視していた。8人が並ぶ決勝。全員が全く同じ、黒い水着を着用している。それはさながら、ユニフォームのようだった。

2××8年。今回が第1回となるこの総合スポーツ大会において、ウエアのサプライヤーは1社だけである。その栄誉を勝ち取ったのは、日本のメーカーだ。双眼鏡を目に当て、選手の水着を凝視すると、左腿(ひだりもも)の上に、お馴染(なじ)みのマークが入っているのが見える。そう、俺たちが子どもの頃から親しんできた、あのロゴ。ただし、黒地に黒なので、よほど注意して見ないと分からない。

この大会は、何から何まで異例だ。

競泳も陸上も、選手たちは大会の半年前から集められ、競技会場近くで暮らしながらの調整を義務づけられた。当然、心肺機能を高めるための高地トレーニングもできない。この競技場は海抜ゼロメートルで、低酸素室もないのだ。そして本番では、選手は全員同じウエアを着用する。

新たに建設された、収容人員10万人のメーンスタジアムは、地中海に面した温暖なリゾート地にある。金持ちが遊び回るには最適の場所だが、トレーニング向きではない。選手たちは、一歩外に出たら襲いかかってくるギャンブルやショーの誘惑と戦いながら、コンディションを整えていかなければならなかった。

「何も、ここじゃなくてもいいのに」

隣に座るスポーツジャーナリストのCが、ぽつりと漏らした。確かに、世界的な競技会の場所としては、そぐわない気もする。

オリンピックの取材経験も豊かなCは、この大会を取材すべきかどうか、直前まで迷っていたという。それは必ずしも、ここがスポーツ向きの場所ではないから、という理由からだけではない。

まったく新しいこの大会は、主催者側の色が強く出過ぎている、要するに単なる企業宣伝ではないかというのが、Cの懸念だ。そうかもしれない、と俺も思う。主催者は世界最大級のIT企業。協賛企業には、オリンピックのオフィシャルサプライヤー以外の社が名前を連ねている。オリンピックがかすかに残しているアマチュアリズムを完全に排し、事前の宣伝展開もド派手だった。

だが俺もCも、結局こうやって真新しい競技場に座り——贅沢なことに、観客席のシートは全て〈レカロ〉製だという——男子100メートル自由形の決勝を待っている。

いろいろ文句を言いながら、俺たちはどうしてこの大会を見に来たのか。理由はたった一つ、公平性だけは間違いなく担保されているからだ。

現代スポーツは、金のある人には優しく、ない人には厳しい。どんなに素晴らしい素質を持っていても、金がなければ、幼い頃から競技に集中するのは難しい。そして長ずれば、さらに金がかかるようになる。長期の海外合宿や遠征に耐え、常に高価な最新ツールを試さなければ、人には先んじられないのだ。

水着において、その傾向は特に顕著だ。高速水着の開発競争は激しく、オリンピックの度に、水着の高性能化が話題になる。選手の努力など、二の次になってしまっている感じさえあった。

「それが正しいとは思えないんだ」

俺が言うと、Cも渋々とだが認めた。今やCたちにとって、メーカーの開発秘話を取材するのも大きなテーマである。しかし俺に言わせれば、流体力学の講義を受けても面白くないだろうし、読まされる立場からしても、そんなクソ難しい話はまっぴらゴメンだ。俺たちが読みたいのはアスリートのドラマで、複雑な科学の話ではない。Cだって、うんざりして俺に愚痴をこぼしたことは一度や二度ではないのだ。

「この大会でも、公平性は担保されませんよ」Cがつぶやいた。

「分かってる。ドーピングの問題だろう？」

世界最高基準のドーピング検査を行っているし、半年前から選手を集めるのは、外とのつながりを絶って、薬物を使うチャンスを潰す狙いもある。それでも、使う方の智恵(ちえ)は、いつでも取り締まる方を上回る。実際今回も、様々な噂(うわさ)が流れていた。

しかし、少なくともそういう理念は評価すべきだろう。選手を全て平等な環境に置き、己の力のみで競わせる。その象徴が、この水着なのだ。全員が同じウエアを着用し、そこでは不公平が生じないようにする。必ずしも最新鋭の高速水着というわけではないが、その記録が本当に選手の実力によるものか、水着の恩恵なのかで悩むことはなくなる。俺には、大変な英断に思えた。

「少なくとも、水着は公平だ」

「ええ」

「だから、ドーピングのことは、しばらく忘れておこう。このレースをしっかり見て……ドーピングが発覚したら、その時はその時だ」

選手たちが、次々と紹介されていく。観客席には、歓声よりも静かな拍手が目立った。観客も戸惑っている。ここまで、目を見張るような記録は出ていないのだ。水着の影響を排した、選手の純粋な肉体の力というのは、この程度なのか、と。

だが、それの何が悪い？　ツールの性能が上がると、本来肉体同士のぶつかり合いである「スポーツ」は、「モータースポーツ」に近づく。ツールの性能次第で勝敗が決まり、プレーヤーの役割は、そのツールをいかに上手く使いこなすか、になるわけだ。

俺たちはそれに慣らされてきた。でも、それが面白いのか？　この大会が、答えを出してくれるかもしれない。今のところ、「面白く」はない。世界記録が一つも出ていないせいもあって、沸き上がるような興奮はないのだ。

この大会を見届けた後で、スポーツに対する見方が変わるのだろうか。

「Take Your Marks」

鋭く短いホイッスルの音。選手たちが、飛び込み台に上がる。

選手たちが一斉に体を折り曲げ、全身のバネをためた。数秒後には、最後のレースが始まる。俺は両手を拳に握り、ぐっと身を乗り出した。

——という小説を考えている。「公平性」のみを旗印にした、まったく新しいスポーツの大会。常々俺は、スポーツに潜む不公平さを考えている。それは、勝利への渇望という、人間の根源的な欲望に絡む問題なのだが……この話はたぶん、今年には本になる。自分以外の人間が、スポーツにおける公平性など気にもしていなかったらどうしようと思いながら、書くことになるだろう。

3 合わないバッグ

裸で運動はできない。

俺は時々、現代に生きているのが嫌になる。スポーツウエアなどなかった古代オリンピアの時代は、何とよかったことか。だいたい、たかが運動である。ちょっと走るかバイクを漕いで、あとは筋トレをするだけ。裸でやったって、何の問題もないはずだ。

しかし実際には、トレーニングウエアにシューズ、替えの下着と、持ち歩かなければいけない物は多い。

特に曲者はシューズだ。俺は最近、ジム用に〈ナイキ〉のシューズを使っているが、実はシューズとしてはあまり好きではない。このブランドには「幅」という概念がないようで、他のブランドと同じサイズでも、横幅が狭いのだ。〈ニューバランス〉を見習え……と文句ばかり言いたくなるのだが、一つだけメリットがある。アッパーの素材が薄く、ぺたんこに潰せるのだ。これを紐でぐるぐる巻きにすれば、一気にバッグの中身を減らせる。ただし、こんな風にされるのを想定されたシューズではないので、すぐに傷んでしまうのが難点だ。

1時間のトレーニングを終えてシャワーを浴び、体の芯に宿った熱い炎を何とか落ち着かせる。そこまではいい。激しいトレーニングからクールダウンへの道程は、日常の鬱陶しい出来事を忘れさせてくれる。はっきり言って俺は、トレーニングよりも、その後のシャワーを楽しみにしている。

しかし、シャワーを浴び、髪も乾かして着替えてしまうと、そこから先はまさに「仕事」になる。荷物を片づけ、パッキングするという、極めて面倒な仕事に。

それでも、外出する用事がジムへ行くだけというなら、何ということはない。俺だってジムバッグはいくつも持っている。スポーツ用品メーカーのビビッドな――というか悪目立ちする派手な物から、〈トゥミ〉のビジネスバッグ風のシックな物まで。しかし専用のジムバッグを使えるのは、他にどこへも行かない場合に限る。

しかしジムへ行った後、仕事の打ち合わせがある日はどうするか。体が解れているから、動きがしなやかになる。シャワーを浴びているから、外面的にも爽やかだろう。かすかにボディソープの香りを漂わせるのは、相手に対する礼儀にもなる。だが、足元にあるのが、黒いスウッシュマークの入った真っ赤な〈ナイキ〉のバッグだったら。そこからノートパソコンを取り出す時に、汗まみれになったトレーニングウエアや下着が見えたら、相手はどんな反応を示すだろう。

「ずいぶん変わったバッグで来られますな」

声をかけられて顔を上げると、このジムの常連であるA氏が着替え終わって立っていた。年の頃60歳ぐらい、綺麗(きれい)に白髪になった人品卑しからぬ紳士である。プロフィルは知らないが、自分で育てたオーナー企業を誰かに譲り、早くも悠々自適の生活に入った感じか。自分の体にたっぷり投資できるぐらい、時間と金に余裕のある人。白髪以外は、とても60代には見えない。

「ああ、そうですね」

今日の俺は、ダレスバッグを持ってきている。いかにも医者が往診に使いそうな、武骨なバッグ。間違ってもジムバッグとして使ってはいけない代物だが、実は容量が大きいので重宝している。シューズまで入れるとほぼ一杯になるが、何とかノートパソコンも隅の方に納まる。

「これからお仕事ですか」

「そうなんですよ」俺は蓋を閉めて立ち上がった。何となくバツが悪い。

「こういうところへ来るバッグではないですな」

「仕方ないです」さすがに、これは因縁だと思う。むっとして俺は答えた。「ジムの道具も仕事関係も全部入れて持ち歩けるちゃんとしたバッグなんて、これぐらいなんですよ」

　今まで何度も、ビジネス用のバッグを無理矢理ジム用に使ってみた。ところが、ビジネス用のバッグというのは、どれもこれもほぼサイズが決まっている。書類を入れるブリーフケースなら厚みは9センチ。ショルダーバッグだと、10センチから11センチだ。何か基準があるのかは知らないが、どちらでも明らかに厚みが足りない。それに、どんなにしっかりした革であっても、使っているうちに膨らんで型崩れしてしまう。結局、仕事がある時のジムバッグは、ダレスバッグに落ち着いた。今後試すとしたら、小旅行用のボストンバッグだろう。そういうバッグは大抵、厚みが20センチはある。それなら、どんな荷物を放りこんでも余裕があるし、型崩れも起こさないはずだ。

　――ということを説明すると、A氏は大きくうなずいてくれた。やはり、ジムへ通う人間は皆、同じようなことで悩んでいるのだろう。

「しかし何ですな、あなたがそのバッグを持っていると、医者にしか見えませんな」

「そうですか？」

「あるいは外交官」

　適当に話を合わせたが、喜んでいいのかどうか分からない。どちらも俺の職業とは縁遠い物だから。むしろ、最も遠いと言うべきかもしれない。今日はネクタイにスーツ姿だから――手慣れた相手との打ち合わせだからといって、ラフな格好はできない――特にそう見えるのかもしれない。

「残念ながら、どちらでもないんですよ」俺は苦笑しながら肩をすくめた。

「見えてしまうものはしょうがないですねえ」

　何となくしつこかったが、A氏はそれ以上追及しようとはしなかった。このジムを利用する人間は、2種類いる。ジムを社交場として利用する人と、そうでない人。A氏はどうやら、後者のようだ。だからお互いの正体を知らず、イメージだけで話している。A氏だって、引退した起業家ではなく、実は暇を持て余した定年退職後のサラリーマンかもしれない。

「じゃあ、私はこれで」

ふと違和感を覚えた。A氏は手ぶらなのだ。一汗かいてきたばかりのはずなのに、ウエアはどうした？

「荷物はないんですか」

「私はいつも、このジムで借りてますよ。汗臭いシャツやシューズを持って歩きたくないので」

その手があったか――俺は呆然と、A氏の背中を見送った。

4　2キロと彼女　その1

　ダンベルが欲しいの、と彼女が言った。

　何だって？　俺は思わず、口に運びかけたフォークを止めた。最近お気に入りのイタリアンレストラン。料理も雰囲気もいいが、「ダンベル」の話題を出すのに相応（ふさわ）しい場所ではなかった。

　いや、それまでも店の雰囲気に合った話をしていたわけではないのだが。仕事仲間であるHとは、こうやって食事をしながら会うこともあるが、名目は常に「打ち合わせ」である。

　なのに彼女は時々、甘えた声を出す。なかなかのスウィートヴォイスなのだが、その声と「ダンベル」の響きがまた合わない。

「何でダンベルなんだ？」

「体重を増やさないと駄目って、医者に言われて」

逆ダイエット？　何のことやら分からず事情を聞いてみると、この前人間ドックを受けた際、どこも悪いところはなかったのに、「低体重だ」と忠告されたらしい。

確かに彼女は痩せている。だが、不健康に痩せているわけではなく、あくまで「スリム」という感じだ。

「実際、40キロ切ったらまずいですよね」

体重40キロ？　彼女の身長は、１６０センチはあるだろう。それで40キロだったら、女性の標準体重よりは、ずいぶん軽いはずだ。とはいえ、彼女には弱々しいイメージはない。いつも背筋を伸ばし、大股で歩く。それは脚が長いからかもしれないが、時には「勘弁してくれ」と言いたくなるほど威勢のいい喋（しゃべ）り方も、活発な印象の原因だ。だからこそ、ごくまれに出る甘ったれた口調に戸惑ってしまう。

「もっと食べればいいじゃないか」

「食べてますよ。たぶん、普通の人よりたくさん食べてます」

それは間違いない。こうやって一緒に食事をしても、彼女は俺が食べるのと同じだけの量を平然とこなす。俺がデザートをパスしても、彼女は絶対に食べるぐらいだ。極端に代謝効率がいいのだろう。だったら、これ以上食べろというのは、拷問に等しい。

「で、医者はどうしろって？」

「筋トレをして、筋肉量を増やしなさいって。ダンベルがいいよって言われたんですけど、何か、やな感じじゃないですか？」

「いや、理に適っている。自分の筋肉率は、分かってるのかな？」

「22パーセントだそうですけど、これって低いんですか？」

かなり低い。健康な成年女子だったら、26パーセントはないと平均的とは言えないはずだ。彼女の体重だったら――仮に40キロとして、10・4キロはあるべきだ。現状は8・8キロだから、あと2キロ弱、筋肉を増やさなければならない。

「大きい筋肉の方が鍛えやすいから、そこを集中的にやれば筋肉率は増えるよ」

「例えば？」

「大胸筋とか」

俺が両手で胸を押さえると、Hがにらみつけた。

「嫌らしいこと、考えてるでしょう？」

「ないから。一切ないから」俺は咳払いして、早口で言葉を継いだ。「ダンベルは、医者から勧められたんだよな」

「そうです」

「それが一番簡単だよ。家でもできるし、時間もそんなにかからない。10分……20分もあれば十分だ」

「毎日ですかあ?」Hがうんざりしたような口調で言った。

「いや、1日おきでいい。最低、48時間は間隔を置いた方が、筋肉は成長するんだ」

「それぐらいなら、何とかできそうですね」

「ちょっと待ってくれ」

俺は手帳を取り出し、彼女に必要な運動を書きつけた。大胸筋の運動用にチェストプレス。まず10キロからだろうか。これを15回ワンセット。広背筋と僧帽筋も同じ10キロでいい。この2か所を鍛えるためにはベンチが欲しいところだが、まあ、床に直にヨガマットを敷いても何とかなるだろう。あとは太腿。これはスクワットでいいのだが、あまり筋肉がつき過ぎると嫌がるかもしれないな。それとカール。これで二の腕を引き締めよう。いくら筋肉がないとはいっても、そこは女性だから、柔らかいはずだ。脂肪を筋肉に置き換えればいい。まず5キロから始めてみるか。ショルダープレスまでは必要ないだろう。両肩が変に盛り上がると、それまで着ていた服が入らなくなる。俺はそうやって、ジャケットを何枚も引退させた。

　俺は手帳のページを破ってHに手渡した。こんなにですか、と不満の声が漏れる。君のために考えたメニューなんだけどね、と溜息（ためいき）をつきながら、俺は一つずつ説明した。洒落（しゃれ）たレストランで向かい合って座っている状況では、実演というわけにはいかなかったが。

「とにかく、やってみてくれ」

「それだけですか？」

「それだけって？」

「買い物、つき合ってくれないんですか？　こんな重い物、一人で持って帰れないです」

　だったら配送してもらえ。そう思ったが、口には出さなかった。要するに、一人でスポーツ用品店に行くのが心細いだけなのだろう。俺は、言うだけ言って後は知らない、と見捨てるほど、冷たい男ではない。

「……上がりません」

俺は呆然とした。Hは、冗談で言っているわけではなさそうだ。彼女の顔は真っ赤になり、思い切り力を入れているのが分かる。しかし、カールに使おうとしていた5キロのダンベルが5回も上がらないとは……。

「もっと軽いの、ないんですか」Hが唇を尖らせる。

「これ以下だと……」

たまたまこの店には、2キロのダンベルがなかった。1キロのダンベルだと、どの程度の効果があるか、さっぱり見当がつかない。

仕方ない。溜息をつきながら俺は言った。

「ダンベルじゃなくて、2リットルのペットボトルにしようか」

筋肉が足りないのではない。彼女には、ナイフとフォークより重い物を持ち上げる筋肉そのものがないのだ。

5　小説から選ぶニューバランス

東京は、ランナーにとって過酷な街だ。車や自転車との戦い、信号によって始終狂わされるペース。体の疲れと同時に、精神的な疲労にも襲われる。

しかし早朝だけは例外だ。誰にも邪魔されずに走りに専念できる、貴重な時間。まだ通勤客も少ない歩道で、俺はひたすら前へ前へと意識を集中させた。体が芯から熱くなり、額に汗が滲(にじ)んでくる。競うべきは他人ではなく、己の限界。ひたすら走り続ける孤独な、そして大事な時間だ。

が、時には同輩によって邪魔されることもある。

一陣の風が、俺の横をすっと抜けていった。女性。言葉などないのに、「お先に」と涼しい声をかけられたような気分になる。クソ、こっちは限界に近いペースで走っていたのに……慌ててスピードを上げたが、追いつかない。彼女の背中はあっという間に小さくなり、俺には、オーバーペースの鼓動だけが残された。

ペースが乱れたまま、いつものコースの中間地点である公園にさしかかる。ここで……ちょっと休憩だ。普段ならあっさり通過するところだが、今日は少しばかり無理をし過ぎた。ゆるゆると歩調を緩め、公園の中に入って行く。立ち止まって膝に両手を当て、呼吸を整えていると、先ほどの女性の姿が目に入った。呼吸が乱れた様子もなく、淡々とストレッチをしている。

何だよ、その余裕は。馬鹿にされたようで苛立ちを覚えたが、感情を押し殺して自分もストレッチをする。へばって休んでいるとは思われたくない。

鼓動が落ち着いてきた頃、問題の女性が近づいて来た。穏やかな笑みを浮かべて、喋りかけてくる。

「いつもこの辺、走ってますよね」

「ああ、まあ……決まったコースなんで」

「朝じゃないと、走りにくいですよね。人が多くて」

「そうですね」

ランナー同士の、ありがちな世間話。何となく居心地の悪さを覚えて、俺は口を閉ざした。

「シューズ、合ってます？」

「は？」誘導されるように、俺は自分の足元を見下ろした。いつも通りの《ニューバランス・M993》。

「何か、走りにくそうでしたけど」

「そんなことないですよ」

　少しむっとして俺は答えた。こいつは、俺の最後の相棒なのだ。


　スポーツシューズにも流行り廃りがある。俺たちがガキの頃は、〈オニツカタイガー〉だった。〈アディダス〉は、高校時代に《スタンスミス》が流行ったのを覚えている。〈ナイキ〉が一般によく知られるようになったのは、マイケル・ジョーダンが空を跳び始めた80年代後半以降だろう。スポーツショップ巡りが趣味の俺にとって、シューズのコーナーを見るのは昔から大きな楽しみだった。

　しかし、〈ニューバランス〉だけは……ずっと目に入らなかった。理由は簡単、地味で目立たないから。「N」マークが入っていなければ、その辺のショッピングセンターで1980円で売っていてもおかしくない、ぱっとしないデザイン。

　アメリカで高い支持を受けていることは知っていたのだが……。

　シューズを選ぶ基準は様々だ。知り合いが履いている、何となく流行っている、憧れのあのランナーが愛用……しかし俺が初めて〈ニューバランス〉に目を留めたきっかけは、小説だった。ロバート・B・パーカーの「スペンサー」シリーズ。「ミステリではなくライフスタイル小説」と評されたのにもうなずける。こだわりの食べ物、服、車……時々、ストーリーを追っているのか、ディテイルを楽しんでいるのか分からなくなることもある。

主人公であるスペンサーの趣味は、体を鍛えることである。とりわけ、ジョギング。そういうシーンで、パーカーはスペンサーに多種多様なジョギングシューズを履かせている。〈ナイキ〉や〈アディダス〉、〈リーボック〉。〈リーボック〉はジョギングではなく、エクササイズ用のイメージが強いのだが……。

その中には、当然のように〈ニューバランス〉があった。パーカーは恐らく、その時々で話題になっているシューズをスペンサーに履かせていただけだと思うが……ある日読み直した一冊に登場した〝ニューバランス〟が、何故か俺の記憶に残った。今まで履かなかったのは、食わず嫌いだったんじゃないか？

変な影響で興味を持ったシューズだが、実際に履いてみると、経験したことのない快感を味わえた。適度な重さ、クッション性、フィット感……今ではトレーニング用だけではなく、普通に街を歩く時にも愛用している。いわば、俺にとっての万能靴だ。

「ニューバランス、好きなんですね」

「好きですよ」ちらりと見ると、彼女のシューズは〈アシックス〉製の、本格的なレース用のものだった。

「どうして？」

「そういう理由は、言わない方がいいこともあります」

「そうですか……あの、一つ、アドバイスしていいですか」

「どうぞ」〈ニューバランス〉の悪口を言われるのではないか、と俺は少々身構えた。熱心なエヴァンジェリストではないが、好きなブランドをけなされたらむっとする。

だが彼女は、俺のランニングフォームの癖を指摘しただけだった。後ろから見て、少し左側が下がっている。たぶん普段歩く時も、右肩の方が上がっているはずだ。それだとどうしても、左右のバランスが崩れる。

孤独なランナーの宿命で、俺はまったくそういうことに気づかなかった。意識して、左側を上げる感じで走ってみるか。

礼を言うと、彼女はにこりと笑った。俺と同年輩か、もう少し年下だろうか。

ずっと鍛え続けている感じだった——それも本格的なアスリートの経歴を感じさせる気配。

「シューズのせいじゃなくて？」

「シューズは自分に合っていればいいんじゃないですか。所詮、道具ですから」

屈託のない笑み。「じゃあ、私、これで」

教科書に載せたいようなフォームで走り去る。所詮道具、という言葉が耳に残った。「所詮」だから、どんなきっかけで選んでもいいはずだ。しかし、小説に影響されて……などと言ったら、彼女はどんな反応を示すだろう。たぶん、理解してもらえない。

男はいつだって、変なところからこだわりに入っていくのだ。

6　永遠に歩き続けるために

大学時代の同級生で、俺が知る限り最も洒落者、かつ心配性の男、Ｆがいる。洒落者なのは、靴を見れば一発で分かる。どんなに高価なスーツを着ていても、靴が安っぽいと全てがぶち壊しになるのだが、Ｆは決して靴で手を抜かない。よほどカジュアルな格好でない限り、足元はシングルソールの靴で決めている。シングルソールの最大の利点は、足元がスマートに見えることだ。文字通り、一枚革なのでソールが薄く、軽快かつソリッドな印象が強くなる。

「だけど、役に立たなかったんだ」

都心のホテルのバー。会うのにこういう場所を選んでくるのも、いかにも洒落者の証（あか）しなのだが、ここしばらく、彼は会う度に、自分の靴に対して不満を漏らす。

原因は、彼の会社で二月ほど前に行われた震災帰宅訓練だ。会社から家まで歩いて帰る。いざという時に備えるためなのだが、その時にすっかり参ってしまったのだという。何しろシングルソールの靴は、見た目第一である。重要な商談の場でもデートでも、抜群の威力を発揮するが、長い距離を歩くようにはできていない。3時間歩き続け、帰宅した時には足が疲れ切ってしまった、という。

以来Fは、万が一の時にどうするか、ずっと悩み続けている。会社にスニーカーを置いておこうとも考えたようだが、スタイリッシュな彼は、それで帰宅することに我慢できない。確かに、スーツに運動靴は、完璧なミスマッチなのだから。俺に言わせれば、非常時にそんなことはどうでもいいのだが、Fの感覚はまた違うようだ。避難する時ですらお洒落でなければ、自分が許せないらしい。

「安全を考えれば、トレッキングブーツしかないいな」俺は、ずっと考えていた結論を口にした。

「あんなごつい靴、スーツに合わせられない。スニーカーよりひどいぞ」Fが口を尖らせた。

「本格的な山歩きや登山に使う靴じゃなくて、軽いハイキング用だ。街中で履いている人もたくさんいるだろう」

「あんな靴を履いて、ネクタイをしていたらおかしい」

「変なところで格好つけるなよ」

「俺には無理だ……だいたいお前は、万が一の時にどうする？」

「俺には完璧な靴があるから」

それが〈パラブーツ〉の《ミカエル》だ。チロリアンシューズなのだが、俺にとっては理想的な、「歩くための靴」である。肉厚で柔らかいアッパーの素材は足に優しい。そして何より、分厚いゴムのソールが、歩くのを助けてくれる。硬いようで、ある程度のクッション性もあり、しかも重い。

この重さが重要なのだ。リズムよく歩くためには、実はあまり軽い靴は適していない。シングルソールの靴で長時間歩くと疲れてしまうのが、まさにその証拠である。靴にある程度重みがあると、足が自然に前へ振り出せて、長時間歩いても疲れないのだ。事実俺は、海外へ行く時には必ずこの靴を同伴させる。実際に歩いた距離はともかく、今まで一番長い距離を、共に「旅した」靴であるのは間違いあるまい。

ついでに言えば、この靴は女子受けがいい。ソールのごつさと比べ、チロリアンシューズのデザインが、可愛(かわい)さを感じさせるらしいのだ。もちろん俺は、そんな理由でこの靴を選んだわけではないが。タフさ、そしてジャケット姿ならぎりぎり許されるデザインが決め手だった。実際、もう7年近く履いていて、まったくソールが擦り減らないのは圧巻だ。アッパーの革は多少くたびれてきたが、この手の靴に限っては、それも味のうちである。

Ｆはなかなか納得しなかった。パラブーツといえば、ノルウェイジャンウェルテッド製法。代表的なモデルは、必ずこの製法を採用している。見た目の特徴は、ソールとアッパーの境目をぐるりと一周する太い縫い目だ。コバも大きく張り出している。これがタフなイメージを強化するのだが、スーツに合わせられるかといえば、俺も「ノー」と考える。

ただし、そこから先、俺とＦの考えはまったく違う。非常時に格好を気にするかどうか。

「どうでもいいから、1足オフィスに置いておけよ」

「いや、しかし」

「無事に帰宅したかったら、靴は選ばないと。パラブーツのゴムのソールは強いぞ。例えば、道路がガラスの破片だらけになっていても、怪我(けが)しないで済む」

「それは分かってるんだけどね」Ｆがマッカランのオン・ザ・ロックを舐(な)めた。

いつもスコッチ。これも、気取って見える所以である。

俺たちはしばらく話し合いを続けたが、やはり結論は出なかった。俺自身、どうでもいい、という気持ちになってきた。命よりもファッションが大事なら、好きにすればいい。

俺は話題を変えた。

「それより、取締役就任、おめでとう」

「いや、大したことはない。若い会社だし、社員も少ないんだ」

「でも、個室つきだろう？　さすがに、取締役になると対応が違うな」

「本当は、個室になんかいたくないんだけどな。何だか、隔離されたみたいなんだ」

「でも、個室なら好き勝手できる」

「まあな」Ｆが顔を歪めた。基本真面目な彼が、会社の部屋で遊ぶわけもないのだが。突然、Ｆが「そうか」と声を上げた。彼らしくない、妙に甲高い声だった。

「何だよ、いきなり」

「部屋をもらって、ロッカーもあるんだ」

「だから？」

「そこに、着替えを置いておけばいいんじゃないか？　靴に合う着替えを」

　何という逆転の発想。俺はビールを呑み干して、Ｆの会社のことを心配した。自分がスタイリッシュに避難するようなことばかり考えている男を役員にして、大丈夫なのか？

7　運命さえもコントロールしたい

秩父宮(ちちぶのみや)ラグビー場に来ている。

東京のど真ん中にあるこのラグビー専用競技場は、独特の雰囲気をまとっている。最近はラグビー人気の低落が著しく、両チームの応援団しかスタンドにいない、という光景も珍しくないが、ここに限って、大きな試合ではスタンドはファンで埋まる。ただし、お馴染みの面子(メンツ)が多い。新規ファンの獲得は、日本ラグビー界にとって至上命題だ。

そういうわけで、俺は今日、Nを連れて来ていた。Nはサッカーファンで、ラグビーにはまったく興味がなく、今日もかなり嫌そうだった。しかし、こういう人間をラグビーに引きずりこんでこそ、底辺の拡大につながる。

しかし今日は、観戦の条件はよくない。時折雪が舞い、寒風が突き刺す陽気で、Nはがたがた震えていた。見かねて、ダッフルコートのポケットに忍ばせたスキットルを差し出してやる。生のウィスキーを一口呷って、Nが咳きこんだ。

「何でこんなきついの、呑んでるんですか？」

「ラグビーには、ウィスキーと決まってるんだよ。イギリスのスポーツだから」

「だったらギネスでもいいじゃないですか？」

「このクソ寒い中、ビールなんか呑めるか？」

「根性足りないですね」Nがスキットルを傾け、今度は口の中にウィスキーを溜めた。鼻からスモーキーな香りが抜けているだろう。ゆっくりそれを味わってから、呑み下す。満足そうな表情だった。二口目になると、口中の粘膜もアルコールの刺激に慣れる。

試合はまさに佳境、後半35分に差しかかっている。いい試合だ。80分近く戦ってきて、両チームの得点合計は39点、点差はわずか1点である。俺が理想とする展開だ。最近は攻撃側に有利なルール改正が目立ち、ひたすら点の取り合いになることが多いのだが、ラグビーはこれぐらいの得点の方がぴしりと締まる。この試合では、両チームのディフェンスも頑張ってきた。

問題は、俺の贔屓チームが負けていることだ。しかしまだ、残り時間は5分、インジュリータイムも3分ほど。ラグビーはトライ5点、ペナルティキック3点と、ワンチャンスで入る点数が大きいから、一発逆転も期待できる。

歓声がスタンドを回った。俺の贔屓チームが一気に攻めこみ、ゴールラインに迫っている。バックスに綺麗にパスが回り、快足ウィングがゴールめがけて一気にスピードを上げた。

「よし、行ける！」俺は思わず立ち上がって叫んだ。トップスピードに乗ったあいつを摑まえられる選手はいない。相手チームのフルバックが迫ったが、残像が残るような素早いステップ一発で抜き去る。前に広がるのは無人の荒野――。

だが、相手チームの選手が一人、残っていた。状況を察してフルバックの後ろまで下がっていたフランカーが襲いかかる。姿勢を立て直した直後のウィングに一気に迫った。避け切れない――その瞬間、ウィングは突進を諦め、ボールを軽く蹴った。フランカーの頭上を越え、タッチライン沿いに転がして、自分で追いつこうという狙いである。

上手い。

ボールはタッチライン際に落ちた。しかし無情にも、バウンドが変わって手前に戻ってきてしまう。そのままタッチラインの外へ。結局、わずか5メートルほどゲインを稼いだだけだった。しかも相手ボールでのラインアウト。相手は確実に、タッチキックを狙ってくるだろう。これで大きく挽回されてしまう。

「惜しかったなあ」俺は力なく腰を下ろした。今のが上手く転がっていれば、一気にゴールラインまで迫れたのに。

「あれが面白くないんですよね、ラグビーは」Nが頬杖をついたまま言った。

「何が」

「だって、何なんですか、あのボールの形。運を天に任せたようなキックじゃや、試合が作れないでしょう」

「それが面白いんじゃないか」

「理解不能です」Nが両手を広げた。

「ラグビーは人生と一緒なんだ。予想できないから面白いんだろうが」

「そういうの、いいですから」Nが顔の前でひらひらと手を振った。「スポーツを人生に喩えるの、やめません？　スポーツはスポーツ。純粋に楽しみましょうよ」俺の顔をじっと覗きこんで、止めの一言。「ラグビーは楽しめませんけどね」

まったく、こいつは……自分でコントロールできないから、ラグビーは面白いんじゃないか。ボールの動きを何とか押さえこもうと努力するのは、人生を力でねじ伏せるのと同じようなものだ。そういう努力を見ることこそ、ラグビーの醍醐味だ。確かにサッカーのボールはコントロールしやすいだろうが、パス回しなんて、ピンボールみたいなものじゃないか——というのは、ラグビー好きでサッカー嫌いな俺たちファンの共通認識である。まあ、主に人気のあるサッカーに対するひがみ根性なわけだが。

ラインアウトのために、両チームのフォワードが並ぶ。ここは一秒でも早く出して、陣地を回復したいところだろう。案の定、素早いスローイング、キャッチ、ボール出しと、敵チームは理想的な動きでスタンドオフにボールを供給した。動きが速い分、プレッシャーは遅れる。

スタンドオフは、ゴールライン5メートルほど前でパスを受け、余裕を持ってキックした。ボールは綺麗な回転で、途中からぐんと伸びていく。タッチライン際ぎりぎりに落ちると、そのまま素直に縦に転がって、さらに数メートル先でタッチラインを割った。

敵の選手ながら、見事なタッチキック。俺は素直に拍手を送った。

「見ろよ、今のキック。完全にボールをコントロールしてたじゃないか」

「サッカーだったら当たり前ですよ」

「丸いボールを蹴って何が楽しいのかね」

「ラグビー好きには分からないでしょうねえ」Nがにやりと笑う。

どこへ転がるか分からないボールは、確かにラグビーを面白くする。しかし優秀な選手なら、ボールを自在にコントロールできるのだ。面白みは消えても、試合には勝てる。

やはり人生は、ラグビーより難しい。人間関係をコントロールするのは――Nをラグビー好きにするのは至難の業ではないか。

8　2キロと彼女　その2

突然、事務所に荷物が三つ届いた。

俺はしばらく前に、自分用の事務所を借りていた。他に人はいない。ひたすら一人で仕事をするためだけの、素っ気無い部屋である。しかしインテリアに凝る性質でもないので、特に気にはならなかった。パソコン1台あれば仕事ができるので、部屋の環境などどうでもいいのだ。

とはいえ、実際に一人で仕事を始めてみると、不便なことも多い。ここで食事をしたり、お茶を飲んだりすることなどほとんどないだろうと思っていたのだが、実際にはそうもいかなかった。来客にはお茶を出さなくてはならないし、お土産に生菓子を貰ったりするので、取り敢えず冷蔵庫が必要になった。もちろん、そんなに巨大な物はいらない。冷凍庫つきの小さなツードア冷蔵庫を買って、それが確か今日、届くはずだ……だが、目の前に置かれた段ボール箱は、明らかに冷蔵庫のそれではない。俺は、配送してくれた人間に文句を言った。

「何かの間違いじゃないのか？　こういう物が届く予定はないんだけど」

「お届け先がこちらになってるんですが……」

伝票を見せてもらうと、確かに俺の住所が記載されている。ただしこの字は……送り主は、Hではないか。事務所開設祝いに何かプレゼントしてくれたのかとも思ったのだが、どうも様子が違う。

配達員が去り、一人になると、俺は早速段ボール箱を開封してみた。そこから出てきたものは——奇妙なオブジェのような物体だった。

俺は速攻でHに電話をかけた。何という偶然か、今こちらに向かっているという。

「あ、着きましたあ？　どうもすいません」

「何なんだよ、これ」

「そっちで説明しますから」

「説明って——」

電話はいきなり切れた。何なんだ、こいつは。俺は携帯電話を窓から投げ捨てたいという欲望と戦いながら、終話ボタンを親指で押し潰した。

「あー、開けちゃったんですか」事務所に入るなり、Hはどこか嬉しそうな表情を浮かべた。

「開けたよ。何だか分からなかったから」俺は、床一杯に置かれた段ボール箱の中身を眺め、溜息をつきながら言った。「何なんだ、これ？」

「最近、自宅トレーニングに凝ってるんですよ」

「それなら自分の家へ送れよ。何で俺の事務所に送りつけてくるんだ」

「だって、ここにいる時間、長いじゃないですか。秘書代わりもしてるんだから、それぐらいいいでしょう」

「俺が仕事をしている間に、使う気か？」

「仕事の時は集中してるから、何してても気にならないんじゃないですか」

「そんなことはない」

「例えばこれとか……どうですか？」

　Hが、奇妙に波打つデザインの「棒」を床に置いた。長さは1メートルほどだろうか。カーブに体を合わせるようにして、その上に仰向けに寝ると、体がぐっと伸びた。遊んでいるようにしか見えないのだが、Hの額には皺が寄っていた。

「何なんだ?」

「体を正しく伸ばしてるんです。結構きついですよ……後でやってみて下さいね」

俺は首を横に振ったが、Hは起き上がるのに集中していて、気づかなかったようだ。俺は体が硬いから、今のポーズを取るだけでも相当難儀しそうだ。

「で、これは?」俺はダンベルを床から取り上げた。ちょっと洒落たデザインで、ウエイトは2キロぐらいだろうか。軽く持ち上げ、腕を曲げると、Hが「ちょっとそのままで」と鋭い声を出した。

「何だよ」

「ただのダンベルじゃないんですよ、これ」

Hがダンベルのどこかにあるスウィッチに触れた。途端に、震動が始まる。結構きつい。思わず「あわっ」と変な声を出してしまった。しっかり握っていると、震動が腕から脳天まで突き抜け、歯ががちがち言い始める。「何だよ、これ」と言おうとしたが、言葉が実を結ばない。Hがにやにや笑いながら、スウィッチを切った。震動は停まったものの、まだ腕が震えている感じがする。

「ただのダンベル運動だけじゃなくて、こうやって震動することでさらに鍛えられるんです。震動に耐えようとすると、バランスを保つために筋肉が自然に動きますから」

理屈は合っている……のだろう。こういう震動が、筋肉に負荷をかけるのは間違いないのだから。俺はダンベルを床に下ろして、残る一つを見た。何というか……亀の甲羅のような形である。聞きたくなかったが、Ｈは勝手に説明を始めてしまった。

「これは、寝転んだ状態で背中に当てて……体を左右に揺らすと、肩甲骨周りの筋肉が解れるんです。やってみたらどうですか？　肩凝り、ひどいんでしょう？」

思わず「イエス」と言いそうになった。肩凝りの原因の大半は、同じ姿勢をキープし続けることによる、筋肉の萎縮である。俺のように座っている時間が長い商売の人間には、つきものだ。そして、普段使っていない方向へ筋肉を伸ばしてやるだけで、凝りはかなり解消される。

「いや、結構だ」俺は厳しい口調で断った。「肩凝りぐらい、自分で何とかできる。ストレッチで解消するんだ……それより、いつまでここに置いておくんだ？」

「しばらく。うち、こういうのが増えて、狭くなっちゃったんですよ」

俺は即座に断り、全部持ち帰るよう厳命した。Hは渋々、震動機能付きのダンベルを軽々と持ち上げた。

あれ？　そのダンベル、結構重いぞ。おかしい。しばらく前に、Hは5キロのダンベルが使えず、泣き言を言っていたのに。

Hが通販で鍛えられているのだけは間違いないようだ。

9　サングラスに必要なもの

眼鏡は宝石に似ている。少なくとも眼鏡売り場は、宝石売り場に似ている——輝く物が多いという意味において。ましてやそれがサングラス売り場となると、一際華やかだ。

俺は次々に、サングラスを試していた。かける度に、連れのHに見せる。彼女は何故か、いつも首を傾げるか、「ふふ」と声をこぼすように笑うだけだった。

「何かおかしいかな」10個目のサングラスを試着し終えて、俺はいい加減嫌になっていた。似合うか似合わないかぐらい、言ってくれてもいいのに。まあ、つき合ってもらっている身としては、贅沢は言えないのだが。

「だって、似合わないですよ」ついにはっきりと言った。

「傷つくな」

「嘘、つけないから」

それは知っている。もう少し正直な気持ちを押し殺せば、可愛くなるのに。彼女は、人間が完璧な存在でない証拠である。普段はいいのだが、こういう時は……とはいえ、早く選ばないと。だらだら買い物するのは、俺の流儀に合わない。

サングラスが必要だ、と痛感したのは、つい最近のことだ。ランニングの時間を夕方から早朝に変えたところ、走っている時に顔にもろに陽が当たることに気づいた。眩しくても走れないことはないのだが、やはり鬱陶しい。

男の嗜みとして、俺は当然、サングラスは持っている。名品〈レイバン〉の《アビエーター》。かけるとスナイパーにしか見えないのが難点だが、サングラスの基本形はやはりこれだ。海外へ行く時などは特に重宝している。

ところがこれは、ランニング向きではなかった。軽さは合格点だが、実際に走ってみるとずり落ちて邪魔になってくる。そのうち、鼻が赤くなってしまった。これではまずいと、スポーツ用のサングラスを求めて、この店にやってきた次第である。ただ、Hを同伴したのはやはり失敗だったな、と悔いる。具体的なアドバイスをくれるとは思っていなかったが、適当なことばかり言われると、邪魔になるだけだ。困ったな……。

「レイバンは似合うのよ」

一休みして、テラスのあるカフェでお茶を飲んでいる時、彼女が打ち明けた。

「そう？」似合う、と言われれば満更ではない。

「顔が70年代っぽいですから」

「何だ、それ」

「レイバンって、70年代っぽいでしょう？　だから似合うの」

俺は思わず首を傾げた。70年代ね……確かに、レイバンのクラシックなデザインは、今よりも70年代が似合うかもしれない。しかし、俺の顔が70年代っぽいっていうのはどういうことだ。その頃はまだティーンエイジャーで、サングラスになんか縁はなかったのに。

「だいたいレイバンって、もっと昔からあるよ」

「そう？」

「マッカーサーがかけてたんじゃないかな……確か、厚木に降り立った時に」

「そんな昔の話、知りませんよ」

艶然とした笑み。真っ昼間に男に向けるような顔じゃないよ……俺は咳払いして、「やっぱりオークリーかな」と言った。

「あなたがよければ」

「おいおい、君に見てもらおうと思って、一緒に来てもらったんだけど」

「サングラスのデザインのことは分かるけど、ああいう物って、かけて初めて完成するものでしょう？　何だか、どれもぴんとこないんです」

「モダンなデザインは、俺の顔には合わない？」70年代顔って何だよ、とまた思いながら、俺は訊ねた。

「うーん……」

またも、曖昧な笑み。何なんだ。走らない君には、朝日の眩しさは分からないだろう。何を言われても、とにかく買っていくからな。俺のジョギングに、今やサングラスは必需品なんだ。

俺はコーヒーを飲み干し、立ち上がった。男が一度決めた時は、迷わずやる——たかがサングラスを買うだけで、どうして男の生きざま的な話になるんだ？

結局、フィット感が一番いいモデルを選んだ。これなら走っている時も揺れないだろうし、とにかく軽いので、「かけている」感じを忘れられるかもしれない。

グラス部分は、やや角張ったデザイン。もっと流麗な物もあるのだが、何となく自分には合わない感じがする。

もう一度、鏡を覗きこんでみる。何か……やっぱり合っていない。もしかしたら、〈オークリー〉のモダンでシャープなデザインは、細面の顔にしか似合わないのではないだろうか。自分の顔の幅……要するに顔が大きいわけだ、と認めて情けなくなる。だがこればかりは、どうしようもない。どんなに痩せても、基本的な骨格は変わらないのだから。

「これに決めたから」

「うーん」

Ｈがまた、顎に手を当てる。可愛いのは分かったから、いい加減にしてくれよ。

「何だか、どれでも同じですね」

俺は思わず、全身から力が抜けるのを感じた。結局それか……もう、彼女に買い物のアドバイスをしてもらうのはやめよう。今後は、自分の感覚だけを信じて突っ走るのみ、だ。

金を払う段になって、Ｈが急に「あ」と声を上げた。またかよ……うんざりして顔を向けると、真顔で「度付きにしてもらわなくちゃ駄目ですよ」と忠告した。

——確かに。最近俺はますます目が悪くなり、ジョギングの時も「危ない」と感じることがある。いいことを思い出させてくれた。たまには役に立つんだな。

こっちの感謝の念を知ってか知らずか、Ｈはサングラスをかけて遊んでいた。

悔しいことに、よく似合っているし。

10　脂か肉か

　こんなことに気づいている人がいるかどうかは分からないが、奇妙な雑誌がある。書評ページのインタビュー記事で何故か、プロフィル欄に、身長と体重を載せるのだ。

「こんなことして、何の意味があるんですか」俺は、旧知の担当編集者、Yに訊ねた。

「そこはほら、著者の実像を読者によく知ってもらうということで」Yがにやにやしながら答える。

「でも、女性は載ってないでしょう」

「個人の好みの問題ですよ。嫌なら嫌で、載せませんから。どうします？」

　何と、挑発的な。俺は思わず腕組みをした。身長は、まあ、いい。問題は体重だ。俺は永遠のダイエット中であり、体重については部外秘にしている。ただし、このインタビュー記事は写真つきなので、体形は何となく分かってしまう。ということは、わざわざ体重を隠すと、「何かある」と読者は勘ぐるかもしれない。「こいつ、体重を明らかにできない理由があるな」と。最近の読者は、妙に深読みするのだ。

Yは当然、俺がずっとトレーニングを続けていることを承知している。それこそ10年前、体重が危険水域に達してトレーニングを始めた頃の俺の姿も知っているわけだ。それからしばしば「体重が落ちた」「ダイエットは順調」という会話を交わしている。Yにすれば、「それなら体重を明かしてもいいだろう」と考えたのではないだろうか。

冗談じゃない。だいたい作家なんてものは、プライバシーを明かしてはいけないのだ。読者が好きにイメージすればいいわけで、作品以外で評価されたくない、というのが本音である。できればインタビューも避けたい。写真で顔を晒したくないのだ。

「体重が駄目だとしたら」Yのにやにや笑いが大きくなる。「身長と体脂肪、とかだったらどうですか」

「何ですか、それ」

「だから、体脂肪率。昔から言ってたじゃないですか。体重じゃなくて、体脂肪率を重視すべきだって」

確かに言った。ちゃんと覚えている。だいたい、体重だけが問題視されるなら、パワー系のアスリートはどうなる？　筋肉で過激に武装した肉体が、標準体重よりはるかに重くなるのは当然ではないか。

ちょっと待って下さいね、と言い残してＹが会議室を出る。ほどなく戻って来た彼の手には、体重計があった。

「何ですか、それ」俺はあぜんとして訊ねた。「何でここに体重計が？」

「体重計じゃなくて、体組成計ですよ。編集部から持ってきました」

「何でそんなものがあるんですか」

「それは、うちの読者の平均年齢を考えてもらえば分かるでしょう」Ｙのにやにや笑いは消えなかった。

なるほど……この雑誌の読者の平均年齢は、50歳をはるかに超えているはずだ。60歳に近いかもしれない。

「つまり、健康を気にする年齢だと」

「そういうことです。だから最近、健康特集も多いでしょう？　そういうのを載せた号は、実際よく売れるんですね」

「ああ、まあ……なるほど」

「しばらく前に、体脂肪率特集をやったんですよ。『本当は怖い体脂肪率』っていうの、覚えてません？　こいつはその時に、編集部で購入したんです」

俺は力なく首を振った。そういう特集は、この雑誌がいかにもやりそうなのだが、記憶にない。

「どっちでもいいですけど、どうします？　体脂肪率なら、隠すこともないんじゃないですか？　むしろ、自慢してもいいぐらいでは？」

何だよ……俺に恥をかかせるつもりなのか？　編集者はこういう冗談が好きなのだが、こっちにすれば洒落にならない。だいたい、体脂肪率はどれぐらいだと恥ずかしくないのだ？　マラソン選手なら1桁……それは、目標としても無理だ。体重を10キロ落とすよりもきついだろう。そう考えると、俺のダイエットは、それほど激しいものではなかったのかもしれない。

しゃがみこみ、床に置かれた体組成計を見る。この上に乗って、グリップを握って計測するタイプか。ジムでいつも使っているのは、両手で持って測るタイプだが、それよりは、この体組成計の方が、きちんと表示されるはずである。

いっそ、ここできちんと計測して、今後のダイエットの目安にするか。しかし、計測結果を明らかにするのは……やはり、気が進まない。

いつもジムで測っている体脂肪率は、だいたい●パーセントから●パーセントの間（当然これも秘密だ）で推移している。「体重と違って、変動はある」というのが、トレーナーの説明だった。どれぐらい汗をかいているか、トレーニングの量はどれぐらいか――彼が言う通り、日によってかなり数字は違う。だから俺も、体重は細かく記録をつけているが、体脂肪率の変動は、特に気にしてもいなかった。

「やめておきます？」Yが訊ねる。やれないのか、と挑発しているのは明らかだった。

俺は彼の言葉をひとまず無視して、電源を入れてみた。液晶画面に浮かび上がった数々のデータを見た瞬間、にやりとする。

「やりますか」

「お、いいですか？」Yの表情がほころんだ。インタビュー記事に、ちょっとした洒落をつけ加えられる、と思ったのだろう。

俺は靴と靴下を脱ぎ、体組成計に乗った。

「覗きこまないで下さいよ」Ｙに忠告しておいてから、グリップを手に取る。

「嘘の申告はなしですよ」

「作家は嘘をつくのが仕事なんだけど」

「それはそれとして」

計測が進む間、俺はじっと前方を見ていた。しばらくそうしておいてから、液晶画面を確認してにやりと笑う。

「筋肉量でいきましょうか」

最近の体組成計は何と便利なことか。腕の筋肉量をプロフィルに載せる作家。ちょっとした読者サービスだ。

11　弾む心

Sが突然、「心拍計を貸して下さい」と言い出したので、俺は面食らった。

「どうして」

「走る時に、ちょっとですね」Sにしては珍しく、歯切れが悪い。

Sは今年、35歳。大学時代にはバスケットボールで国体に出場した、本格的なアスリートだ。背丈はそれほどではないが、「ボールが手に吸いつく」と評された抜群のドリブル技術で、ポイントガードとして活躍したという。俺の周りは「なんちゃってアスリート」ばかりで、ただ一人の「本物」である。

そのSは、大学を卒業して、バスケットボールからもきっぱりと卒業した。商社に入社し、世界中を飛び回っていたのだが、2年前、係長に昇進してからは国内を中心に仕事をしている。元々、超がつく体育会系のせいか上司の受けも良く、出世も早いようだ。しかし、早い出世の代償として、体重の増加というありがちな対価を払う羽目になっている。

　こういう男は、一念発起すると強い。体重計の針が●キロ（名誉のために秘する）を超えた翌日、古いユニフォームを引っ張り出してランニングを始めた。現役時代に着ていたバスケットボールのユニフォームで街を走るのは、かなり異様な光景だったはずだが、そんなことを気にする男ではない。1時間早起きしてのランニングは、もう1年も続いていた。

　俺が走る場所や時間とは被(かぶ)らないので、一緒に走ったことはないが、Sのことだからそのうち、フルマラソンを走る、と言い出すかもしれない。体もだいぶ締まってきた。

　それにしても、心拍計が必要なほど厳しく自分を追いこんでいるわけか。心拍計は、トレーニングの状態をチェックするのに、最も手軽な道具である。Sが言うように、俺は以前、心拍計を購入していた。チェストベルトと腕時計型の心拍計の組み合わせで、リアルタイムにスピードと走った距離を計測できるタイプである。最初の頃こそ、物珍しさもあって使っていたが、ほどなく自分は、心拍計が必要なほど本格的なランナーではない、と気づいた。それに、何となく機械に監視されているような気にもなって、使わなくなってしまった。こういうのは、自分をずっと厳しく律することのできる、中級者以上向けなのだろう。

「構わないけど、使ってたやつだぞ」

「いいんです」

「汗とか、ついちゃってるけど」

「そういうのは、気になりませんから」

さすが、本格的な体育会系だ。しかし俺は、Ｓの深刻な表情が気になり始めていた。たかがランニング時の心拍を測るにしては、あまりにも顔色が悪い。まるで生きるか死ぬかの瀬戸際のような表情なのだ。

「どうかしたのか」

「いや……もしかしたら、心臓が」

「だったら医者へ行けよ」俺は思わず大声を張り上げていた。

「走っていて苦しいのは、ヤバイぞ。ちゃんと診察を受けろ」

「生まれてから一度も、医者に行ったことがないんです」

マジか……確かにＳは、超がつく健康体に見えるが、素人判断では手遅れになる可能性もある。しかしＳは、「医者へ行け」という俺の勧めを呑もうとしなかった。あまりにも強硬な反対に、俺はとうとう諦めた。要するにこいつは、医者が怖いのだ。

仕方ない。可愛い後輩のためだ。俺は心拍計を貸すと同時に、一度Sのランニングにつき合うことにした。何かあった時、一人ではどうしようもない。


その日俺は、２キロほど走っただけで失敗を悟った。Sのペースがあまりにも早過ぎる。落としてくれとは意地でも言えず、必死で８キロを走り切ったが、それでもSには、だいぶ先行を許してしまった。

走り終えて平然としているSの表情を見た限り、心臓で苦しんでいるとは思えない。いつまでも呼吸と激しい鼓動が治まらず、かすかな吐き気を感じている俺の方が、よほど危なっかしい感じではないか。

「……で、どうだった」膝に両手をついたまま、俺は訊ねた。心拍計は１３０にセットし、それを超えるとアラームが鳴るようにしてある。「鳴ったか？」

「一度も鳴りませんでしたけど」Sが、不思議そうな表情で答える。まるで今日走ったら、自分は死んでしまうとでも確信していた様子である。しかし実際には、さらに８キロ走っても、何ともないだろう。

「ほら、お前の心臓は、人よりずっと丈夫なんだよ。俺の心拍数は、たぶん１５

0を軽く超えてたぞ」実際、危険領域に足を踏み入れた、という実感もある。

「でも、何か……この辺がもやもやするんですよ」Sが胸に拳を当てた。確かにそれは、心臓の位置だが、今の様子を見る限り、調子が悪いはずがない。

「気のせいじゃないか？」

「そんなこと、ないです。絶対にどこかがおかしい」

Sは納得していない様子だったが、計測に間違いがあるわけではない。俺たちは公園のベンチに並んで腰を下ろし、ちびちびとスポーツドリンクを啜った。何となく、気まずい。

「他に何か、変わったことはないのかよ」

「いや、相変わらず忙しいだけで」

こいつは、自分のことが何も分かっていないのではないか、と俺は疑った。仕事一筋の人間には、ありがちなことだが。

「無味乾燥な毎日ってことか」

「いや、そういうわけでもないんですけど……」

「何だよ」

「言いにくいんですが」

30分ほどかかってようやく、「気になる女性がいる」と聞き出した。スポーツと仕事だけの人生を送って35年。初めてのまともな恋らしい。それを聞いた瞬間、俺はにやりとした。

「分かったよ。お前の心臓の調子が悪い原因」

「何ですか」

「それが分からないようじゃ、恋は実らないぜ」

Sがきょとんとした表情を浮かべた。これだけ鈍いとしたら……次に会う時は、失恋を慰める会合になりそうだ。

12　長生きする意味とは

事務所に荷物が届いた。H……またか、と俺は舌打ちした。Hは予告もなしに、俺の事務所に自分の荷物を送りつけてくることがある。

今回のは、ごく小さな段ボール箱だった。持ってみたが、それほど重くない。小さな物が幾つか入っているようだが、中身は見当もつかなかった。送り状に品名もない。

俺はすぐに、Hを電話で呼び出した。

「あ、もう着きました？」例によって気楽な声。

「またかよ」思わず舌打ちしてしまう。「いい加減にしろよ。また自分の荷物を俺に送ってきたのか？」

「違います。プレゼントですよ」

「俺にか？」

「当然」

Hはどこか嬉しそうだった。まあ……プレゼントと言われれば、こちらも悪い気はしないのだが。

「中身は？」

「あ、それはちょっと。今そっちへ向かっていますから、待っててもらえます？説明が必要なんですよ」

「プレゼントなのに説明がいるのか？」またややこしい物を……いったい何を企んでいるのだろう。

10分後、Hが嬉しそうな笑顔を浮かべてやってきた。

「開けました？」

「開けてないよ。待ってろって言ったのは君だろう」

「はいはい」Hが段ボール箱を開けにかかった。乱暴にテープを引き剝がすと、一気に蓋を開ける。出てきたのは……大量のサプリメントだった。

「まず、何より大事なのは抗酸化ですよね」Hが白いボトルを取り出した。「何といっても、ビタミンCとビタミンEです。若さを保つにはこれで決まりですよ」

「ビタミンCなんか、ミカンでも食べてれば摂れるじゃないか」ミカンは苦手なのだが。

「食べ物から摂れる栄養素には、限界があるんです。効率よく摂取しないと、ね？」

何だか、押しつけがましい口調。医者か学校の先生のような感じである。Hが差し出したボトルを、俺は仕方なく受け取った。これだけでビタミンC、E、Aが補給できる、という謳い文句だった。

「それからこれですね、プロバイオティクス」今度は茶色いボトルを取り出す。

「これは？」

「聞いたことありません？　腸内環境を整えるんです。ダイエット、ダイエットっていつも言ってますけど、体を動かしてるだけで、内側から何とかしようとはしていないでしょう？　腸内環境を整えるのは大事ですよ。これで、善玉菌を増やすんです」

まあ、それは悪いことではないだろうが……快食快便は健康の基本と言うし。

「あとは、ＤＨＡとＥＰＡですね」

渡されたボトルには「Fish Oil」の文字がある。魚油？　ああ、あれか。青魚を食べて頭を良くする、というやつ。一時、ずいぶん流行ったような記憶がある。魚は……あまり好きではないのだが、このサプリメントも生臭いのだろうか。そう言うと、Hが声を上げて笑った。

「そんな飲みにくいもの、商品にしないでしょう」

「そうは言うけど、ちょっと抵抗あるな」

「気にしないで下さい……だいたいこの三つをきちんと飲んでいれば、健康で頭の働きもすっきりですよ。いつまでもいいネタが出ますから」

「俺はまだボケてないぜ」むっとして反論した。少なくとも、ネタに詰まった経験はない。

「毎食後に飲むように習慣にすれば、忘れませんから」Hは俺の抗議を無視して続けた。

「あとは、コーヒーなんかじゃなくて、必ず水で飲んで下さいね。それでなくても普段から、コーヒーを飲み過ぎなんだから」

「あー、３種類全部飲まないといけないのか？」面倒だ。それに食後と決めても忘れそうである。

「面倒臭かったら、これでどうぞ」最後のボトルには「マルチビタミン」とある。

「1粒で12種類のビタミンが摂れますから。最悪、これだけでもいいですよ」

両手一杯になったボトルに、俺は戸惑うばかりだった。気遣ってくれるのはありがたいが、親切の押し売り、という感じがしないでもない。

「だいたい、どうしてサプリメントなんだ？　俺はこんなの、普段は飲んでないぞ」栄養には、それなりに気を遣っているつもりである。今さら、補助的に何かを摂る必要があるとは思えなかった。

「今回の人間ドックの結果、あまりよくなかったんでしょう？」

「まあ、な」いちいち気にしていたらかえって健康に悪いと思い、Hに愚痴を零(こぼ)したような記憶もある。

「長生きして欲しいんですよ」Hが熱をこめて言った。目が少し潤んでいるような感じもする。

「そう？」50歳になると、「長生き」などという言葉を聞かされるようになるのか……自分の年齢を意識してがっかりしたが、そこそこ嬉しいのも確かだった。誰かに気を遣ってもらって、嫌な感じはしない。

「だって、あれですよ」急にHが居心地悪そうに体をもじもじさせた。「私、あと25年以上、仕事するんですよ」

「そうだな」定年が延びれば、もっと長くだ。

「ということは、少なくともあと25年は、仕事のつき合いが続くってことでしょう？」

話の筋が読めてきた。俺は、自分でも顔が曇るのが分かった。

「だから、75歳までは元気で頑張ってもらわないと、私としては困るわけですよ」

その年まで、Hと一緒に仕事をしなければならないのか。ありがたい話ではあるが、搾り取られる感じがしないでもない……ま、何もしないよりはいいか。俺はマルチビタミンのボトルを取り上げ、水を取りにキッチンへ向かった。

第2章　ビジネスツールは生きざまだ

13　最終兵器・靴

　Nはいかにもだるそうだった。それはそうだろう。今日の俺たちは、パチンコ玉のようにあちこちを動き回っている。

　日比谷の店では、値札を見た瞬間、試し履きもせずに店を出た。青山でも、同じように首を振るだけだった。そこから少し歩いて入ったもう一軒の店でも、渋い表情。仕方なく新宿まで移動して、様々なブランドの靴が揃うデパートにやってきた。ここでも、顎に手を当てて難しい表情をしながら、棚を見るばかり。

　そうこうしているうちに、ソファ——高級な靴屋には、試し履き用にこれがある——に腰を下ろして、溜息をつき始めた。休憩所じゃないぞ、と脅して、上階にあるカフェに引っ張っていく。

　アイスココアを一口飲んで、Nは「何で靴がこんなに高いんですか？」と溜息をついた。

変そうだ。

「いい靴は高いんだよ」

「だけど、靴に20万円はないでしょう。中古車が買えますよ」

中古車よりも、20万円の靴の方が長持ちする。Nにそれを説明するのは相当大変そうだ。


Nから妙な相談を受けたのは、水曜日のことだった。

「ちょっと靴のこと、教えてくれませんか？」電話の向こうのNは、神妙な調子だった。

「何でまた」

Nの説明によると、異動した先の上司が、服装に煩い男なのだという。いい年をしたサラリーマン——大学で俺の2年後輩のNは、とうに40代になっている——が、「きちんとした服装をしろ」と言われるのもたまらないだろうな、と思ったが、その上司の言い分にはうなずけるものがあった。特に、靴に関しては。

「何しろ〝どんなにいいスーツを着ても、安い靴を履いていると駄目になる〟が持論ですからね」

「それは真理だぜ」

「マジですか？」盛大な溜息。

「嫌なら、放っておけばいいだろう。そんなの、業務命令にはならないはずだ」

「だけど、出世しそうなんですよね。次期役員候補ですから」

サラリーマンの事情は分からないが、Nの上司が服装にこだわるのも、出世を意識してのことではないだろうか。社長がダサい服装をしていると、会社全体が舐められる。人事において先が開けている人間なら、50代になってもスタイル変更を躊躇わないだろう。

「とにかくですね、こういう時は覚えめでたくしておいた方がいいんです」Nが力説した。「さりげなく、新しい靴を見せて……」

「なるほど」

「というわけで、ご教授願えませんか？　靴、詳しいですよね？」


俺の仕事では、必然的に物にこだわるようになる。

登場人物の個性を表現するのに、小説の世界では小道具をよく使う。〈ベンツ〉に乗っている奴はコンサバ、〈ロレックス〉をはめている男は時計好きではなく、儲(もう)けた小銭の使い方を知らない人間、とか。偏見は百も承知で、俺は小道具を繰り出す。

　だが、こういう手法は、小説では――特にハードボイルドでは――やり尽くされている。何か目新しいものを、と考えて俺が目をつけたのが、靴だった。常に黒いフォーマルシューズを愛用して、靴磨きだけが趣味の刑事。冬だけでなく真夏でもブーツを履いている作家。しかも、履きにくい編み上げのブーツとか。こういう人物は、こだわりがあるというより、どこか偏屈なイメージを放つものだ。様々な登場人物にありとあらゆる種類の靴を履かせ、それで個性を演出してきたつもりである。

　もちろん、自分でも履いてみる。試し履きするだけならただだし、それで実際に履いた時の感触――いい靴は、足が納まった途端に空気が抜ける音がする――を経験できる。最初はそれで満足していたが、ほどなく靴箱には、本格的な靴が並び始めた。酒で贅沢するわけじゃなし、女に走るわけじゃなし、靴を集めるぐらいはいいじゃないか、と自分に言い訳しながら。

「それで、どうするんだよ」山手線の内側を行ったり来たりしながらの靴探しに、いい加減うんざりしてきた。「高いってことは、最初に説明しただろう？　いい靴が高いのは当たり前なんだ。いい加減、覚悟しろって」

「そうですねえ」Nが心配そうな表情を浮かべ、アイスココアをストローでかき回した。「ま、しょうがないかな」

「履けば人生が変わるから」

「まさか」

「本当だ。気合いが入る」

スーツを着るのは、働く男にとって「戦闘準備」だ。仕上げにいい靴を履くことで、完全に「準備完了」となる。今の俺は、靴紐を丁寧に結ぶ「儀式」に、快感すら覚えている。

「ちょっと持った感じだと、ずいぶん重いですよね。あんなの履いてて疲れないんですか？」

「いい靴は、重いから疲れないんだ」

「逆じゃないんですか？」Nが自分の足元を見下ろした。俺たち靴好きが「饅頭（まんじゅう）」とか「餃子（ギョーザ）」と呼ぶ、柔らかい合皮を使った不細工なスリッポン。ソールは接着剤による圧着で、柔らかくて軽い以外にメリットはない。そして、「柔らかい」や「軽い」が「履きやすい」「歩きやすい」と同義語でないのは、俺たち靴好きには自明の理だ。

「もちろん、サイズが合ってるのが第一条件だ。靴の中で足が動くと、靴擦れを起こすしな。それで、足にぴったり合っている靴なら、重い方が絶対に疲れない。振り子の原理で自然に歩けるんだ。だから、長い距離を歩くには、重い靴の方がいい」

「そうなんですか」Nが真顔でうなずいた。「軽い方が疲れないのかと思ってました」

「マラソンを走るなら話は別だけど」

「でも俺、今度は座り仕事だし」

それを先に言え。靴は男のスタイルを完成させる最終兵器である以上に、気持ちよく歩くための道具だ。歩かない仕事なら、必ずしも靴にこだわる必要はない。

こいつには、〈ビルケンシュトック〉のサンダルを紹介しよう、と俺は思った。

14　何のための「1キロ」か

ホテルに泊まる時、俺は手荷物をポーターに預けない。自分の物は自分で持つ、それが俺の主義だ。

ところが今日は何故か、まったく無意識のうちに、ポーターに荷物を持たせてしまった。若い小柄な女性だったのだが、バッグを手にした瞬間に表情が歪んだのを俺は見逃さなかった。思わずバッグを取り戻そうと手を伸ばしかけ、引っこめる。向こうは向こうで、仕事でやっているのだ。本意ではないが、預けたからには最後まで任せよう。

エレベーターが動き出した時、ポーターが荷物を持ち直した。持ち手が手に食いこんでいる。

「重いでしょう」

「そうですね」無理に浮かべた笑顔は強張（こわば）っていた。「何が入ってるんですか」

「いろいろ。一番重いのはパソコンかな」

「最近はパソコンも軽いですけどね」

そんなことはない。俺のモバイル用のマシンは、《MacBook Air》の初期モデルだ。その重さだけを考える限り、「Air」の名前は外すべきではないかと思う。どこが空気なんだ、これ。

いや、別に〈アップル〉の悪口を言ってるわけじゃない。故・スティーブ・ジョブズ氏のビジネスのやり方に関しては大いなる疑問を感じているにしても、アップル製品はずっと愛用しているのだから。当然今日も、バッグの中にはMacBook Air。ずしりと重いそのマシンのせいで、いつの間にかポーターの体のバランスは崩れ始めていた。


ノートパソコンを持ち歩くようになったのは、いつからだっただろう。四六時中仕事に追われ、移動の合間に、あるいは昼食休憩後に、10分でも原稿を書かなくては間に合わなくなった頃からだから、もう5年か6年になる。

一時流行った「ネットブック」を採用しようと考えたこともあるが、あれは超小型というか、性能のクソ低いPCに過ぎない。今ならタブレットか。しかし、ソフトウエアキーボードで長い原稿は書けない。かといって、外付けのキーボードを持ち歩いていたら、荷物が増えるだけだ。

そもそも俺は、この手のちっちゃいマシンを使う気になれない。何故なら、マシンは人の手に合わせてくれないから。

俺の手はデカイのだ。ギターを弾く時には便利だが、パソコンのキーボードは選ぶことになる。


MacBook Airを買う前は、〈デル〉のB5サイズのパソコンを使っていた。性能的に問題はなかったのだが、B5サイズはやはり小さい、と実感していた。やたらとタイプミスをする。肩が凝る。結果、作業効率は落ちるわけだ。

結局、サイズが全て。俺は3年ほど前に、モバイル用のマシンを買い換えることにした。ちょうどその頃、ジョブズがMacBook Airのプレゼンをしている映像を見て、衝撃を受けたせいもある。事務用の薄っぺらい封筒から取り出して見せたのは、「それだけ薄い」という演出だった。

分かってる。こんなのは本当に、単なる演出に過ぎない。ジョブズ一流のはったりだ。それに所詮Mac OSだから、信頼性だって高が知れている（15年ぐらい前のマカーたちは、日に何度も現れる爆弾マークに泣かされていた)。それなのに俺は、どういうわけか、MacBook Air を買いに、銀座のアップルストアに走ってしまった。

ぴったり合うスリーブも手に入れ、MacBook Air は俺のモバイル用マシンになった。A4サイズで、頼りないかと思われたキーボードも案外使いやすい。というより、かなり操作性がいい。バッテリーは5時間ほどしか持たないが、それほど連続して使うわけではないので、これで十分。そもそも、人間の集中力は、2時間以上は絶対に続かないのだ。何より画面の美しさが、作業中のささくれた気持ちを慰めてくれる。本当に大丈夫だろうかと心配していたMac OS Xも、まったく問題なし。何よりSSDモデルなので、起動や電源オフも、圧倒的に速い。これこそ、俺が求めていたモバイルマシンではないか。何より、喫茶店で広げてもちょっと見栄を張れるのがいい。

ところがこのMacBook Air が、永遠に続く肩凝り、それに体形が変わってしまうきっかけを作ったのだ。

薄いことは薄い。発売されたばかりの頃、「これでケーキが切れる」というマッド動画が出回ったこともあるほどだ。

だが、薄さイコール軽さにはならない。金属素材の中ではアルミは軽いが、当然プラスティックよりは重い。堅牢性もある程度配慮しているのだろう、MacBook Air は俺が想像していたよりもはるかに重かったのだ。

それまで使っていたデルのモデルは、ぎりぎり1キロを切るぐらいだった。MacBook Air は、それより200から300グラムぐらいは重い。「高が」と言うなかれ。300グラムをステーキだと考えれば、結構な重量ではないか。

俺のバッグは、それ以前よりもはっきりと重くなった。

荷物を部屋に置くと、ポーターがわずかに肩を上下させ、照れたような笑みを浮かべた。

「いつもこれを持ち歩いてるんですか？」

「仕事用だから」

「肩、凝りませんか」

「凝りますよ」俺は大袈裟に両肩を回した。「これは職業病みたいなものだな」

「重いパソコンをずっと持ち歩かないといけないのは、大変ですよね」

「左肩だけが、下がった感じになってね。でも、仕方ないですよ。ちゃんと目的があって持ってるんだから」

「仕事用には、絶対これじゃないと駄目とか？」

「いや」俺はバッグを右手で持ち上げてみせた。軽いダンベルを持ち上げたようなもので、上腕二頭筋が盛り上がるのが分かる。「これで鍛えてるんで」

一瞬、ポーターが困ったように表情を固まらせた。

冗談が分からない人間は、これだから困る。

15　縛られた男

　俺の知り合いで、携帯電話を持っていない男、Dがいる。Dはデザイナーで、個人事務所で忙しく仕事をしているのだが、「生まれてこの方一度も携帯電話を持ったことがない」と、いつも変な自慢をしている。

「だけど、こういう時は困るじゃないか」

「そう？」Dは、俺のクレームにも平然としている。

「俺が困った」

「俺は別に困らないけど。待ってりゃいいんだし」

　俺の呼吸は、なかなか落ち着かない。約束の時間に遅刻すること30分。電車が事故で停まってしまったのだ。Dが携帯を持ってさえいれば、途中で連絡できたのに……しかしDは、待ち合わせ場所にしていた駅前で、遅れてきた俺を平然と出迎えた——読んでいた文庫本を畳み、にこやかな笑顔で。

「事故だし、仕方ないよ」喫茶店に移動した後、Dがあっさり言った。怒っている様子は全然ない。「別に今日は、急ぐ用事じゃなかったし」

「こっちが困るんだ。気が焦って、胃が痛くなったよ」

Dが声を上げて笑う。本気で「申し訳ない」と思っていた俺は、少しむっとした。

「こういうのは俺には特殊ケースだからね」Dが煙草(タバコ)をくわえる。「普段は、人と会うのも事務所だから。何かあれば電話がかかってくるから、問題ないよ」

「固定電話、ね」

「昔は〝固定〟とか言わなかったよな」Dが、懐かしそうに言った。「携帯電話が出てきてから、〝固定〟になったんだ」

確かにそうだ。もともとは、電話といえば当たり前のように固定電話のことだったのだから。

それにしても、Dの呑気(のんき)さには腹が立つ。現代人として、携帯を持っていないなど、もってのほかじゃないか。デザイナーという、若干浮世離れした商売をしている人間であっても、あくまでビジネスマンに変わりはないのだから。

Dが、コーヒーに砂糖を加えた。彼の前にあるのは煙草だけ。一方俺の目の前には、煙草の他にスマートフォンがある。今や携帯とスマートフォンの2台持ち、ついでにタブレットも、というビジネスマンも少なくない。これが日本の普通の光景だ。

俺と携帯電話のつき合いは長い。最初に携帯電話を契約したのが1995年。その頃の普及率は、10パーセントほどだったのではないか。50パーセントを超えたのが98年か99年頃だから、だいぶ人に先んじていたことになる。

3年前からは、スマートフォンに切り替えた。ただし、《iPhone》でもアンドロイドでもなく、由緒正しき〈ブラックベリー〉だ。電話ではなくポケットベルにルーツがあるブラックベリーは、スマートフォンが普及し始めた頃には、間違いなくトップリーダーだった。5年ほど前だろうか、ニューヨークに行った時に、ブラックベリーだらけだったのに驚いたことがある。その光景を見て、俺の頭には「スマートフォン＝ブラックベリー」の図式が焼きついた。

今考えても、悪い判断ではなかったと思う。何しろキーボードは使いやすいし、メールのセキュリティも折り紙付きだ。しかし今や、スマートフォンの世界では、完全な少数派になってしまっている。町中で使っている人も、ほとんどは会社からの支給だろう。俺のように、自費で購入している人など、ほとんどいないはずだ。

「ところで、あなたの携帯、変わったよね」Dが鋭く指摘した。

「携帯じゃなくて、スマートフォンだけど」

「それはどっちでもいいけど、モデルチェンジ？」

　俺は、Dの観察眼の鋭さに驚いた。他製品にシェアを奪われ続けているブラックベリーだが、定期的に新しいモデルは出る。しかし基本デザインはほとんど変わらない（俺たちブラックベリーユーザーは、その強情さを《ポルシェ９１１》に喩える）ので、２世代前のモデルと現行モデルの違いは、ぱっと見ただけでは分からない。すぐに指摘できるのは、俺のようなブラックベリーユーザーだけだろう。

　しかし、こいつはデザイナーだから、微妙な変化にも気づく目を持っている、ということなのだろう。

「やっぱり、携帯を買うつもりはないのか？」

「ないね」Dがあっさり言った。

「今時、希少人種だよ」

「だって、いらないから」Dが煙草を灰皿に押しつけた。「さっきも言ったけど、だいたい事務所にいるから、連絡が取れないってことはないし。そんなに急ぎの用事を引き受けることもないからね。いらない物を買っても、金の無駄だよ」

「自分だけ持ってないって、何か変な感じがしないか？」

「それが分からないんだよな」Dが首をひねった。「携帯電話だって、元々は必要だから買うって人がほとんどだっただろう？　そもそも最初は、ポケベルの代わりって感じじゃなかったのかね」

「ああ、確かに」

「ポケベルだって、相当鬱陶しかっただろう？　それが電話になったら、たまらないよ。どこにいても追いかけられてるみたいで、俺は勘弁して欲しいな」

　残念ながら、認めざるを得ない。これは人によるのだが、俺はかかってきた電話に出られないと、ひどく悪いことをしたような気になる。メールも同じ。5分以内に返信しないと、相手が「無視された」と思ってしまうのでは、と恐れる。

　それ故、常に身近に置いて、仕事の合間にもちらちら見てしまう。結果、続けなければならない仕事が中断し、集中力が殺がれてしまうことになる。

　いつからこんなことになってしまったのだろう。便利なはずのツールに、仕事の邪魔をされている。それを言うと、Dは声を上げて笑った。

「本末転倒だな。思い切って、手放したらどうだ。何とかなると思うけどね。実際俺は、普通に仕事できてるし」

「無理。俺の仕事の場合は、そうはいかないんだ」

今や、携帯のない生活は考えられない。便利さと鬱陶しさと……二つを天秤(てんびん)にかければ、俺はこれからも携帯電話に縛られた生活を選ぶしかないのだろう。

16　俺の手帳はどこにある？

「それじゃ、12月21日でいいですね？　暮れも押し詰まった時期で申し訳ないですけど」Mが手帳に書きこみながら言った。

「クリスマス間近だけど、いいのか」

「何か予定でもあるんですか？」Mが顔を上げた。ボールペンは宙に浮いている。

「いや、俺はないけど、お前は」

「嫌なこと言いますね」ぶつぶつ言いながら、Mが手帳を閉じた。「だいたい、今時クリスマスに何か予定なんて……バブルの時代じゃないんですから」

「予定のことを最初に言い出したのは、お前だぜ」

「ま、そうですけど」

俺の目は、テーブルに置かれたMの手帳に吸い寄せられた。素っ気ない、黒い小さな手帳。表紙にMの会社の名前があることを除けば、何の個性もない。まだ新しいのは、年明け前に来年版に切り替えたからに違いない。

「それ、使いやすいか？」

「手帳ですか？」Mが取り上げ、ぱらぱらとページをめくった。「考えたこともないな。入社してからずっと、会社の手帳を使ってますから。ただでくれるんで」

「ほかの手帳を考えたことはない？」

「ないですね。こんなの、慣れですよ。それに、書くことなんか決まってるんだから。スケジュールと、ちょっとしたメモに使うぐらいでしょう？　住所録は、今はスマホに入ってますからね……そう言えば、結構手帳替えてますよね」

「ああ」

　俺はうなずき、バッグから手帳を取り出した。ここ何年か使っている、黒い〈クオバディス〉。背広の内ポケットにもすっぽり収まるサイズだ。

「昔、システム手帳も使ってませんでしたか？」

「流行ってた頃もあったんだよ」

　最初にシステム手帳を見たのは、いつ頃だっただろう。ひどく割高な感じもしたが、中身を入れ替えられるので、何年も使えると考えれば、いずれ元は取れる。

しかしいつの間にか、使わなくなってしまった。ぼろぼろになってきたせいもあるが、何となく大袈裟過ぎるような感じもしてきたから。

それに、様々なリフィルを入れると分厚くなりがちで、背広の内ポケットが膨らんでしまう。そうでなくてもポケットに様々な物を入れてしまう俺としては、手帳が次第に邪魔になってきた。最終的にシステム手帳を放棄したのは、携帯電話を常に持つようになった十数年前だっただろうか。携帯電話を背広のポケットに入れて、システム手帳はそこから追い出されることになった。

そこから、俺の手帳遍歴——放浪が始まった。

Mが言う通りで、手帳につき物の住所録は、完全に携帯電話に取って代わられた。結果、手帳は持ち歩きやすいように、できるだけ薄い物を捜すことになる。しかし、メモ魔の俺としては、メモのスペースだけはたっぷりある手帳が欲しい。ところが世の中の人間は、メモ帳は手帳と別、と考えているようで、手帳についているメモは、容量的にとても十分とは言えない。となると、リフィルでメモを増やせるシステム手帳の方がいいのか……毎年のように年末になると悩み、時には1年だけシステム手帳に戻ることさえあった。

「会社の手帳、本当に使いやすいか？」

12月だというのにアイスコーヒーを啜っているMに、俺はもう一度訊ねた。

「悪くないですよ。必要な物は全部入っているし」

「表紙を開くと、社訓とか書いてあるんだろう」

「あ、あります、あります」にやにやしながらMが手帳を開いた。「1．社会貢献を最優先に、利潤は二番目に　2．安全は何よりも大事　3．常にグローバル化への意識を持て……」

「ああ、それぐらいでいいから」俺は顔の前で手を振った。Mの会社は一流の家電メーカーである。大仰で抽象的なスローガンは、長い歴史を反映させたものだろう。しかし、真面目に読んでいる社員がいるとは思えない。

「官公庁や全国の支社の電話番号、地下鉄の路線図なんかも入ってますから、これ1冊で用が足りますよ」

「なるほどね」

しかもコンパクト。薄い紙を使っているのだろうが、背広のポケットに入れてもまったく邪魔にならないはずだ。デザインがダサい点を除いては完璧と言っていいが、会社の手帳にデザイン性を求めるのは間違っているのだろう。

「来年の手帳、もう買ったんですか」

「いや、まだ」

「どうするんですか？　浮気癖のある人としては難しいですよね」

「まあな」

ここ数年使っているクオバディスも、決して愛用しているとまでは言えない。シボ加工された表紙はそれなりに高級感があるし、必要最低限のページしかないので薄く仕上がっているが、俺にとってベストではなかった。

「ちょっと手帳、見せてくれよ」

「嫌ですよ」Mが手帳の上に手を置いた。「機密事項ですよ、これは」

「お前の手帳なんか、呑み会の予定しか入ってないだろうが」

「そんなことないですよ」むきになって言い、Mがページを開いた。確かにびっしりである。ちらりと見ただけだが、社内の会議、外部との打ち合わせ、商談、接待と、ページが黒く染まっている。見開き1週間だが、これでは書くスペースが足りないのではないだろうか。

そうか。俺はようやく納得した。何故、クオバディスを「愛用している」と言えないか。俺が使っているバージョンも、見開き1週間である。しかし1日分が、

1時間ずつ細かく区切ってある。スケジュールに追われる営業マンなら、こういうのが便利なのだろうが……。

俺はそんなに忙しくない。1日に一度書きこむことがあれば、「今日は忙しかった」。必然的にページは空白だらけになる。

次は、スケジュール部分が、こんなに細かく区切られていない手帳にしよう。手帳に空白が多い男は、格好悪いではないか。

17　万年筆で書くべきもの

働く男の「三種の神器」を考える。

——今の時代、三つにならない。スマートフォン一つで十分だ。

「そりゃそうですよ」後輩のEが、最新のスマートフォンを見せびらかしながら同調した。「これ一つあれば、仕事は全部できますからね。ポケットの中に、オフィスを持ち歩いているようなものです」

「そうだな」同意してみたが、何か釈然としない。

ホテルのロビーでの打ち合わせの途中で出た話題……出版社に勤務するEはガジェットオタクである。何か新しい物が出るとすぐに飛びつく。特に携帯は、1年に1回は買い換えているのではないだろうか。数年前からはスマートフォンだ。

話が広がりそうにないので、俺は仕事の話題に戻ることにした。メモ帳を広げ、ペンを構える。

「未(いま)だに手書きなんですねえ」どこか馬鹿にしたように、Eが言った。

「メモだけはな」原稿はもちろんパソコンだが、打ち合わせや取材でメモを取る時は、手書きだ。ＩＣレコーダーを使うことさえほとんどない。手書きだと、それだけで頭に入る感じがするのだ。たぶん、人間の手と脳は直結している。

「それはいいんですけど、ずいぶん安っぽいペンを使ってますね」Eが苦笑する。

「いちいち煩いな」

「仕事が仕事なんだから、万年筆とかがいいんじゃないですか。高い万年筆を使うのが、職業上のステイタスでしょう？　それこそ、モンブランとか」

「じゃあ聞くけど、お前は万年筆を使ってるか？　あれ、本当は使いにくいんだぞ」

「いや、そもそも僕は手書きしませんから」澄ました顔でEが言った。「それに、持つ物はなるべく減らしたいので……とにかく、そういう１００円のペンはないんじゃないですか。何だか貧乏臭く見えますよ」

「見栄えより書き心地が大事なんだ」

「そんなにいいんですか、それ？」

「俺にとっては筆記具の究極だな」

俺は愛用している油性ボールペンをEに渡した。Eは当然メモ帳など持っていないから、自分のメモ帳を渡して書かせる。

「へえ、確かによく滑りますね」

「だろう？　これで書いてると、いかにも仕事してるって気になるんだ。いくら書いても疲れないし」

実は俺は、万年筆を何本も持っている。Eの言う通り、物を書く仕事をしていれば、嫌でも文房具は気になるのだから。特に万年筆は、価格から言っても確かに文房具の王様である。シンプルで堂々とした〈モンブラン〉、今の万年筆の基礎を作った〈ウォーターマン〉、デザイン性に優れた〈カランダッシュ〉。何本もの万年筆を買っては、その都度一時的な満足感を得ていた。万年筆ほど所有欲を満たす物は、あまりないかもしれない。

だが使いやすいかといえば——使いにくい。

万年筆は、常に使い続けてこそ、自分に合ってくる。ところが最近は、手書きで字を書く機会が減ってきた。取材でもなければ、ほとんどペンを走らせることはないと言っていいだろう。使わないうちにペン先が乾いてしまっていることも少なくない。また、使い方が乱暴なせいか、インクが飛び散ることが多い。〈パーカー〉は特に、悪名高いねじ込み式のキャップが簡単に外れてしまう。俺はこれで、ワイシャツどころかスーツを1着駄目にした。

そして最大の問題——万年筆は、「熟成」に時間がかかる。

ペン先の具合が自分の好みに馴染んでくるには長い時間が必要なのだが、あまり使わないが故に、なかなかそこまで至らない。結局、最初の硬い書き心地から脱しないうちに、使わなくなってしまうのだ。

何本も試し、無駄な金を使って、俺はとうとう万年筆を諦めた。今まで集めた万年筆は、デスクの上のペン立てで、単なるオブジェとなっている。

結局俺が普段使っているのは、油性のボールペンだ。100円台のペンを人前で使うのは、確かにEの言う通り、やや抵抗があるのだが、使いやすさでは万年筆の比ではない。あまり筆圧をかけなくても書けるし、とにかく滑らかなのだ。インクの漏れもなく、常に安定して書ける。人の話を聞きながらメモするような場合、特に適している。100円だろうが何だろうが、筆記具としてこれに勝る物はない。

そういうわけで、今、俺のスーツの内ポケットに挿さっている3本は、全て油性のボールペンである。〈三菱〉の《ジェットストリーム》の黒が2種類（0・

7ミリと1ミリ）、赤が1種類（1ミリ）。これで、たいていの仕事は用が足りる。

日本の文房具メーカーのレベルは世界一だと思う。多くのメーカーがボールペンを出しているが、ありとあらゆるペンを試して辿り着いたのがこれだった。書き心地と握り心地のバランスが絶妙なのだ。

「まあ、いいですけど、やっぱり安っぽいですよ」Eはどこか不満そうだった。

「男の道具は、贅沢さを求めないいんだ。ポルシェの内装が、どうしてあんなに素っ気無いか、分かるか？」

「車とペンを一緒にされても困りますよ」Eが肩をすくめる。

何と言われようと、俺の信念は揺るがない。

この話を打ち止めにして、俺たちは仕事の打ち合わせに戻った。それもやがて終わり、カフェの支払いのためにカードを取り出す。何故かEと会う時は、いつも俺が支払うのが暗黙のルールになっているのだ。

戻ってきたレシートにサインするため、ペンを取り出す。ふと、手が止まった。このカードも散々使い倒してきた。かなり高い物も買っている。〈ダンヒル〉のスーツ、〈ＩＷＣ〉の時計……その度に俺は、いつもジェットストリームでサインしてきた。

１００万円の買い物をするサインに使うペンが１００円台……何だか矛盾していないか？

念のため、これからは万年筆も持ち歩こう、と思った。男には時に、自分の持ち物を見せびらかさねばならない時があるのだ。高い買い物をする時には、高いペンが必要だ。

18 「中」より「外」が大事なこともある

たまたま集まった野郎3人が、俺の提案で、「せーの」で財布を出したことがある。

3人が3人とも、折り畳み式の財布だった。普段は当然、パンツの尻ポケットに入っている。

そうか、やはり男の財布は、二つ折りを尻ポケットに入れるのが主流なのか……俺は、折り目のところがすっかりぼろぼろになった財布を、情けなく見たものだ。上等な革を使っているのが売りで、エイジングを楽しめるという謳い文句だったのだが、革に味が出る前に駄目になってしまった。当然、次の財布を買わねばならず、アンケート代わりに聞いてみたら、かような結果になった――と話すと、Fが背広の内ポケットから財布を取り出した。

「俺は長財布だけどね」綺麗なものである。尻ポケットに入れるのに比べたら、当然傷みも少ないわけだ。

「そうなんだよな。長財布が一番、綺麗に使えるんだよな」俺は、Ｆから財布を受け取った。中身を改めるような失礼なことはしないが、重さから、札入れだけだと分かる。他にはカードか。「小銭はどうしてる？」

「それは、こっちのポケットに」Ｆが体を傾け、右のポケットから小さな小銭入れを取り出した。さすがというべきか、洒落者のＦは、長財布と小銭入れを同じブランドで揃えている。もちろん、これ見よがしのブランド品ではない。シンプルなデザインを見て、俺には〈ヴァレクストラ〉だと分かったが。

「財布が二つに分かれて、混乱しないか？」

「慣れだよ、慣れ」Ｆが二つの財布をポケットに戻す。流麗な仕草であり、財布の出し入れで困ることなどなさそうだった。いかにもＦらしい。「だいたい最近は、カードで払うことも多いから、小銭入れはあまり使わないな」

「俺は、小銭はよく使うけどな」煙草を吸う人間と吸わない人間の違いかもしれない。俺のような喫煙者は、煙草を買うために小銭を取り出す機会が多いのだ。

「で、どんな財布にしたいんだ？」Ｆが訊ねる。

「それが決められなくて困ってる」

「珍しいな」Fが薄い笑みを浮かべた。「物にこだわるお前なら、財布にも確固

たるポリシーがあると思ってたけど。俺らの年齢なら、長財布が普通じゃない

か?」

「そうかな?　昔に比べて、使っている人を見なくなった気がする」

「ああ、そうかもしれない」Fはうなずいた。「俺らが社会人になった頃って、

それなりの年齢の人は、皆長財布を使ってた気がするんだけど」

「課長になったぐらいで、長財布に切り替えるのが普通だったんじゃないかな」

「管理職の嗜み、みたいなものか」Fがうなずく。

そう言うFは、管理職を飛び越えて既に役員である。当然長財布は必須、とい

うことか……役員がいきなり尻ポケットからぼろぼろの財布を抜いたら、格好が

つかない。

もっとも俺の場合、勤め人ですらないから、長財布である必要もない。最近は

スーツを着る機会も減った。せいぜいがジャケット+パンツであり、Fの普段

の服装に比べれば、ずっとカジュアルだ。だから、尻ポケットから財布を抜いて

もおかしくはないのだが、50歳という年齢を意識すると、やはり抵抗がある。

「内ポケットに財布が入るのは、ちょっとね」俺は唇を捻(ひね)った。

「服が型崩れするから？　札入れはそんなに重くないから、そこまで心配することはないぞ」

「いや、そういうわけじゃなくて」俺は、ジャケットの左胸を触った。商売柄なのだが、内ポケットには必ずペンとメモ帳が入っている。加えて右の内ポケットには名刺入れ、というのが通常装備だ。

「だったら、あれはどうかな？」Ｆが急に身を乗り出した。こと服装の問題に関しては、Ｆはむきになりがちである。自分のことでなくても、やたらと口出し——アドバイスをしてくるのだ。俺も似たようなものだが、Ｆの方が正統的と言えるだろう。近い将来、背広はロンドンのサヴィル・ロウでしか作らない、などと言い出しそうなタイプだ。

「あれって？」

「二つ折りの札入れ、あるじゃないか。あれなら薄いし軽いから、脇のポケットにも入る」

「ということは、右のポケットに二つ折りの財布、左のポケットに小銭入れか？」

「それぐらいのサイズなら、そんなに目立たない」

「いや、これがあるから……」俺は右ポケットから煙草とライターを取り出した。ここが定位置である。以前はワイシャツの胸ポケットに入れていたこともあるのだが、ライターの重みでシャツの左側が下がって変なバランスになるので、いつの間にかこの場所に落ち着いた。

「煙草、やめればいいじゃないか」Ｆが苦笑する。

「そう簡単じゃないんだ」いい加減やめようと思っているのだが、他人から指摘されると、むきになって「やめない」と言い張ってしまう。

「じゃあ、しょうがないから長財布にして、バッグに入れておいたらどうだ？」

Ｆが肩をすくめる。「それなら傷まない」

「だけど、バッグなしで出かける時もあるじゃないか。昼飯を食べに行く時とかさ。真夏はどうする？」

「それもそうか」

Ｆが顎を撫でる。彼のように、自分のスタイルが完全に決まってしまっている人間からすると、俺のようにやたらと物を持ち歩く人間の悩みは理解できないのかもしれない。何だか自棄になったように言った。

「もう一回、ポケットの使い方を見直せよ」

「どう考えても、上着のポケットが足りないんだ。だいたい、携帯はどこへ入ればいい？」普段は左ポケットに……それで俺は気づいた。俺たちが社会人になった頃には、携帯電話などはなく、当然スーツのポケットにも一つ余裕があった。そうか、全ての元凶は携帯電話だったのか。しかし今さら携帯を捨てるわけにはいかない。

次の財布も、また尻ポケットに収まることになるだろう。

19 完璧な時計

Nが急に、「時計を買いたい」と言い出した。それも機械式の腕時計を。だから、お勧めを教えて欲しい、ときた。またか……と俺はちょっとうんざりした。以前靴を買うのにつき合わされたのだが、その時も結局決まらずに、無駄足を踏んでしまった。

「時計について教えるのは構わないけど、ちょっと時間を貰うぞ」

「何ですか、それ」Nが顔を歪めてから、コーヒーを一口飲んだ。俺の事務所で一休みしてから、出動しようという勢いである。

「時計の話ならいくらでもあるんだよ……で、今は何の時計をしてるんだ」

「国産メーカーの普通のクオーツですよ」Nが左腕を突き出した。

「どうして機械式腕時計が欲しいんだ？」国産のクオーツなら信頼性抜群なのに。

「ま、大人になったってことですかね」Nが胸を張る。40歳を過ぎて、大人になったもクソもないものだが。「でも、どんな時計を買ったらいいか、分からないんですよ」

　こいつには、どんな時計が似合うだろう。

　――スポーツウォッチだな、とぴんときた。Nはずんぐりむっくりした体形で、手首も太い。機械式でも、薄手のフォーマルな物は似合いそうになかった。

「ダイバーズ・ウォッチとか、どうですかね」

　ダイビングでは、潜水時間を知ることが何より大事になる。だからかなり深い水中でも問題なく稼動し、見やすいのが何よりの条件だ。そういうプロ仕様の時計は、武骨な味わいこそがデザインになる。

　だがこれを、スーツ姿で着用するとどうなるか――ワイシャツの袖が閉まらない。

　厚さが1センチもあれば、当たり前だ。もちろん、Tシャツやトレーナーなら問題ないが、Nは普段スーツで仕事をしているのだから、間違いなく手首だけが浮くだろう。古い言い方だが、「陸(おか)サーファー」という蔑称で呼ばれる可能性が高い。

　――と縷々(るる)説明すると、Nは「じゃあ、あれはどうですかね、クロノグラフってやつ」と切り替えた。

「クロノグラフか……」俺は顔を擦った。これも難しい。最大の問題は、機能の持ち腐れになる、ということだ。

クロノグラフの機能は計算しつくされたもので、それを電子式ではなく機械式で動かすのは、大変な技術である。デザインも、いかにも「男の仕事用」という感じでよろしい。だいたい男は何故か、余計な機能に弱いのだ。例えば〈ゼニス〉の《STRIKING 10TH》など、10分の1秒の表示が可能で、機械式としては画期的である。

しかも物語性がある。例えば〈オメガ〉の《スピードマスター》。何しろ月へ行った唯一の時計だ。宇宙という、過酷な環境でも使える時計。しかし、我々が月へ行くことがあるだろうか。これは結局、F1マシンを公道で走らせるようなものだ。オーバースペックにも程がある。

冷静になって考えてみると、そもそもクロノグラフ機能が必要なのか。日常生活で、「1秒」の経過を測る機会があるだろうか——ない。いくら現代人が時間に追われているとはいっても、秒単位で仕事をしている人はほとんどいないはずだ。俺がクロノグラフ機能を使うのも、パスタを茹でる時だけである。もちろん、キッチンタイマーで十分間に合うことだ。

俺の説明に、Nはいちいちうなずいた。本人の知識がないせいもあるようだが、話を聞けば聞くほど、混乱の度合いが深まるようである。

「結局、何がいいんですかねえ」

「大人の」「男の」「スポーツウォッチ」。何が適当なのか。正解はあるのか。ある、と思いついた。〈オーデマ ピゲ〉の《ロイヤル オーク》。サイズは40ミリ弱、ブレスはステンレススティール。クロノグラフなどの機能はないが、日常使いには十分な50メートル防水である。妙な自己主張をするデザインでもないが、よく見ればいかにも上質（ベゼルを留めるビスの方向が、綺麗に円状に揃っている！）なのが、大人の男の余裕を感じさせる。

同じような路線でいくと、〈ロレックス〉にはスポーツウォッチとして満足できるモデルが多い。《デイトナ》はクロノグラフだから外すとして、《エクスプローラーⅠ》のシリーズなどは、日常使いに便利な上に、高級感も十分だ。

Nがようやく食いついてきた。どうやら、いい時計をはめて、男としてワンランクステップアップしたい、大人になりたいというのは本当のようだ。

奴の視線が、俺の腕に向く。

「それは何なんですか？」

ゼニスのクロノグラフ。クロノグラフのマイナス点を挙げつらった俺が言うのも何だが、一番はめる機会が多いのがこれ、《デファイ・クラシック》だ。ケース径45ミリ、ステンレススティールベルトの、非常にごついモデルである。これも説明に矛盾するが、時々ダイバーズ・ウォッチもはめる。〈パネライ〉の、チタン製のモデル。いかにもパネライらしくかなり分厚く、ケース径も大きいのだが、チタンなので軽い。デザインがシンプルなので、スーツの時でも違和感がない、と個人的には思っている。

「やっぱりごちゃごちゃしてますよね」

「じゃあ、シンプルな時計で決まりだな。ロイヤルオークでいいんじゃないか」

「その……ロイヤルオークって、いくらぐらいするんですか？」Nが恐る恐る訊ねた。

「どうかな……今の相場だと、7桁にはなるだろうな」

「7桁って……」Nが絶句した。「時計に100万ですか？　あり得ない」

「だけど、本格的な機械式時計を買うとなると、それぐらいはするぜ。だいたい、一生モノだから、ある程度の出費は覚悟しておかないと」

「すみません、出直してきます」Nが力なく立ち上がった。

結局そこか。まず、相場を頭に叩(たた)きこんでおかないと、機械式腕時計に手は出せない。値段を見て目を回すことも少なくないのだ。Nの時計修業がこれから始まるのかどうか、俺には予想がつかなかった。

20　バッグを遍歴する

よいしょ、とオヤジ臭い台詞を吐きながら荷物を下ろしたKの姿に、俺は動転した。デイパック。ホテルのバーという空間に、まったく似合っていない。

俺が顔をしかめているのに気づいたのか、Kが涼しい顔で「何か問題でも？」と訊ねた。こいつはいつもそうだ。身なりに構わないのはこいつなりの美学なのかもしれないが、40歳を超えてもそんな風にしていたら、ただのだらしない男だ。体に合わないスーツ、ぼてっとした合成皮革の靴……止めがこのデイパックである。奴がこんなものを背負って、ビジネス街をせっせと歩いている姿を思い浮かべると、こっちまで恥ずかしくなってくる。

「そのバッグだけどな……それはないだろう」

「ああ、これ？」にやりと笑って、Kが背の高い椅子に腰を下ろす。隣の椅子に置いた、かなり大きなデイパックをぽんぽんと叩く。その仕草を見た限り、どうやらお気に入りのようだ。そういえばまだ新しい。俺も、見るのは初めてだった。

「スーツにデイパックは、ひど過ぎる」

「いやあ、これ、便利なんですよ。容量が大きいから何でも入るし、両手が空くから、歩く時も楽なんです」

「そいつを背負った格好、鏡で見たことがあるか？」

「ありますけど、何か？」

涼しい顔で、Kはビールを頼んだ。そうやってビールばかり呑んでるから太るんだ、と皮肉に考えながら、俺は仕事用のバッグについて思いを馳せた。

社会に出て仕事を始めてから、既に四半世紀。自分の仕事に合ったバッグには、未だに出会えていない。

「これぞ究極のビジネスバッグ」はある。〈エルメス〉の《サック・ア・デペッシュ》。ブリーフケースの基本形であり、ブランド性、品質とも完璧。男が持つ、最良にして最後のビジネスバッグかもしれない。

ただこいつは、持ち手を選んでしまう。いかにも上質な革で作られたこのバッグを、入社1年目の小僧が持っていたら、周りが白ける——怪しむだろう。サラリーマンなら、役員以上でないと、貫禄に負けてしまう。しかもこれは、持ち歩く物が少ない人向けだ。基本的には、書類しか入らない。会社の命運を左右するような重要書類を入れ、社用車の後部座席に座る人が持つべきものである。もちろん、若いサラリーマンが持っても、クソ生意気だと非難される他に問題はないが、毎日都内を動き回るような仕事の場合、選択肢に入らないだろう。汚れたら、と思うと雑には扱えない。

ビジネスバッグを巡る最大の問題は、働く人間が持ち歩く物が増えたことだ。パソコンもタブレットもそれなりに大きく、重い。それ故、入れておくだけで、バッグが型崩れを起こしかねない。それに加えて携帯電話、もしかしたら2台持ちでスマートフォン、スケジュール帳、メガネ、読みかけの本、ＩＣレコーダー、カメラ……と、何だかんだでビジネスグッズは増える一方である。営業マンだったら、これに商品パンフレットなども加わるだろう。

それらを全部収納するとなると、まず「容量」が最優先事項になる。そうでなければ、バッグを二つ持つしかない。サック・ア・デペッシュのようなブリーフケースが、候補から外れる所以だ。俺の場合も同じである。

バッグ選びは本当に難しい。スーツや靴は、ぱっと見ただけではブランドが分からず、見る人は、その本人に合っているかどうかしか注目しないが、バッグの場合、一発でブランドが分かってしまうことも多い。そして、バブルの荒波を乗り切ってきた俺は、いわゆる「ブランド物」を堂々と持つ恥ずかしさも知っている。

かといって、機能一辺倒でいいものか。たくさん物が入り、持ちやすいという理由で、Kのようにデイパックを選ぶのはいかがなものかと思う。スーツ姿のバランスが崩れてしまうからだ。都内をいつも自転車で走り回っているなら、これでもいいのだが。いや、むしろこれしかない。

バッグに関して、俺は試行錯誤を繰り返してきた。基本、ショルダーストラップとハンドルの両方がついた、それなりに大きなものが基本だ。俺の場合、ビジネスグッズに加えて、ジム用のウエアも突っこんでおくことが多いので、容量もそれなりに必要になる。使用後の汗まみれのウエアを入れておくためには通気性も大事なのだが、さすがにビジネス用で、そんなところまで考慮しているバッグはない。容量があって、デザインがかっちりしていて、型崩れしない。そういう条件に見合うバッグは、簡単には見つからないものだ。

〈トゥミ〉〈コーチ〉〈グルカ〉……実に多くのバッグを使ってきた。それこそ、バブル時代の女性のように、理想のバッグを求めてあちこちを歩き回った。ただし彼女たちの場合、買ったバッグをＴＰＯに合わせて使い分けているのに対して、俺は「これ一つで済む」ものを求めている。いわば「究極の一つ」が欲しいのだが、未だに出会わない。

「だいたい、いつも荷物が多過ぎるんですよねえ」Ｋが溜息をつく。

その瞬間、俺は完璧な解決方法を思いついた。

「バッグは何でもいいんだ」

「へ？」

「ただの袋でもいい。ちゃんと物が入って、持てれば」

「それじゃ、スーツに合わないんでしょう？」皮肉っぽい口調。

「だから、荷物持ちを雇えばいい」

「何ですか、それ」Ｋが顔を歪める。

「秘書だよ、秘書。荷物を持ってもらって、自分は手ぶらでいくんだ。それならスーツも型崩れしない、体にも優しい」重いバッグをいつも左肩にかけているせいか、俺は慢性的な肩凝り、それに荷物を持っていなくても自然に左肩が下がってしまうという問題を抱えている。

「というわけで、お前、会社を辞めて俺の秘書にならないか？」

「ご冗談を」Ｋの顔面が白くなった。俺の無茶ぶりには慣れているはずだが、さすがにこれは笑えない、ということか。

「給料は弾むぞ」

「あのですね、金の問題じゃないんです。誰だって、人の荷物を持ちたいとは思いませんよ。持たせたいんです」

ごもっとも。どうやら俺……俺たちとバッグの戦いは、簡単には終わらないようだ。

21　腰を守れ！

「凝ってますね」とトレーナーのBから言われた。２週間に一度の、定期的なマッサージ。いつもジムの治療院に行くのだが、毎回同じことを言われる。

俺は治療台に腰かけて、首を回した。せっかくマッサージを受けたのに、まだばきばきと音がする。こんな風に、音が出るほど首を回すと、体に悪いらしいのだが……。

体が凝っている、と感じるようになったのは、30代の後半頃からだった。その頃から基本的に座り仕事専門になり、しかもパソコンの画面を睨(にら)んでいる時間が長くなった。体が固まってしまう、典型的なパターンである。時々ストレッチをするようにしてはいるのだが、自分でやるストレッチには限界がある。

「肩が特に酷いですね」Bが指摘する。

「それは自分でも分かってる」この肩凝りが、慢性的な頭痛の原因だということも。

「普段からもう少しストレッチをきちんとやった方がいいですよ」

「それができれば苦労はしないけど……」俺はスリッパを突っかけて立ち上がった。この治療院も、すっかりお馴染みの場所である。街中にある、手軽でファッショナブル――どちらかと言えば女性向け――のリラクゼーション施設と違い、あくまで本格的である。その気になれば鍼（はり）治療も受けられる。俺はまだ、試したことがないが。

「特に酷い時期なんか、ありますか？」

「梅雨時ぐらいからかな？　夏の方が酷いんだ」

「あー、冷房病ですか？」

「いつも、エアコンでやられるんだ」

夏になると、いつも馬鹿馬鹿しいと思う。エアコンの使い過ぎによる、都市部のヒートアイランド化。オフィスビルが一斉にエアコンをストップさせれば、それだけで街の気温は何度か下がるのではないか。俺は自分のオフィスではエアコンをつけず、窓を全開にしておく。ほとんど無駄なことだが……時折オフィスの中を吹き抜ける微風は、慰めにすらならない。積み上げた書類が飛ばされて慌てることもある。仕方なく諦めて、時々エアコンをつけるのだが、そうすると途端に肩が凝ってくるのだ。

「腰も酷かったですよ」

「そう？　自分では分からないけど」俺は思い切り腰を捻った。特に痛みも凝りも感じない。「昔は酷かったけどね。ずっと腰痛持ちだった」

「そういうのは、体重のせいもあるんですよね」Bがにやにやと笑う。遠慮のないトレーナーなのだ。「体重を落としたから、腰が楽になったんじゃないですか」

「それより、椅子のおかげかな」

「そんなにいい椅子があるんですか？」

ある。〈ハーマンミラー〉の《アーロンチェア》。オフィスでも自宅でも、俺はこの椅子に頼り切っている。値段は高い——パソコンが1台買えてしまうような値段なのだが、俺にとってこいつは、完璧な椅子なのだ。環境は金で買えないが、例外もある。アーロンチェアは、俺にとってなくてはならない「オフィス環境」である。どんなにぼろぼろの部屋にいたとしても、アーロンチェアがあるだけで、仕事の環境は完璧になる。

力説すると、Bの表情が曇る。「でも、高いんでしょう？」と遠慮がちに訊ねた。

「高いよ」

「なかなか、椅子に金はかけられませんよね」

「でも、完璧な椅子だから」

大きな背もたれは、腰の負担を軽減させる。体のどこか一点だけに重みがかかるということがない。しかもメッシュなので、通気性もいい。さらに座面が下に向かって微妙にカーブしているので、太ももが圧迫されることもないのだ。つまり、何時間座っていてもエコノミークラス症候群にならない。当然、高さなどの細かい調整もできるので、自分の体にぴったりと合わせられるのだ。

ついでにいえば——本当についでだが——デザイン性にも優れている。デザインのためのデザインではなく、機能性を追求した結果のデザインなのだが、無駄のない近未来的なフォルムは、オフィスの顔つきを一変させるほどの実力を持っている。ハーマンミラー社はアメリカの会社だが、アーロンチェアは、どちらかというとドイツ製品のような香りが強い。機能によって完成するデザインには、〈ポルシエ〉との共通性が感じられる。

「ずいぶん惚れこんでますね」

「そりゃそうだよ。この椅子を使うようになってから、腰痛とは縁がなくなったんだから。最高だね。使ってみればいいのに」

「しかしなあ……高いですよね？　いくらぐらいするんですか？」

俺はBに値段を告げた。Bが、顔を引き攣らせる。

「それ、椅子の値段じゃないですよね」

確かに……えらく贅沢をしたという実感はある。腰痛防止の役には立っているが、気楽に買える値段でないのは事実だ。

だが、とふいに思いつく。椅子というのは意外に頑丈で、簡単には壊れない。実際、かなり乱暴な使い方をしているのだが、まったくへたっていなかった。家のアーロンチェアは既に10年目に入っているが、一切不都合が起きていない。買った時には10万円以上したのだが……10年使えば、年間1万円。1日あたりでは30円もかかっていない計算だ。

それを告げると、Bが呆れたように肩をすくめた。

「そういう計算をする人は、本当の金持ちじゃないですよね」

「だけど、金で買えない物を手にいれたんだから」

「残念ながら、肩凝りには効かないようですけどねえ」

そう……椅子は、下半身のためのものである。残念ながら、肩凝りを軽減してくれる椅子にはまだ出会えてない。もしもそんな椅子があったら、俺はアーロンチェアを卒業するかもしれない。先ほどの計算をベースにして、1日あたり50円までなら出してもいいと思う。

こんな発想をしているから、実際に金持ちになれないんだろうな、と苦笑する。とにかく肩凝りが解消できるなら、多少の出費は厭わない。だいたい2週間に一度のマッサージで、いくらかかっているか……また金の計算をしてしまう自分に呆れる。金持ちへの道は、本当に遠い。

第3章　着飾ってわかること

22　肌に直接触れるもの

俺は下着を着ない――少なくともシャツを着る時は。

そう言うと、Ｋが鼻を鳴らして笑った。

「何なんですか、それ」

「元々、ワイシャツは下着なんだ。で、スーツが上着。上着の下に下着を着るのは普通だろう」

「あー、何だかそういうの、聞いたことがあります。でも、すごく古い話じゃないですか？」

確かに……もしかしたら、ワイシャツのカラーが別付けだった時代の話だったか？　だとしたら、１９３０年代頃かもしれない。何と、80年も前の話だ。

事務所に遊びに来たＫは、つい先ほど俺が買ってきたシャツを見ていた。人のシャツをじろじろ見るのも、あまりいい趣味ではないが。

「シャツって、こんなに高かったですかねえ」恐る恐る値札を確かめる。

「高いやつは高いよ。シルクのシャツなんかだと、これよりもっと高い」値札をまず確認するとは、まったくもって趣味の悪い男だ。

「シルク？　夜の街以外で、そんなシャツを着ている人、見たことがないですね」

ま、それはそうか……俺だって、シルクのシャツなど1枚も持っていない。基本的にコットンのシャツしか着ないのだ。下着なしで素肌に羽織るから、それ以外の素材は馴染みにくいように思う。

それにしても今まで、何枚のシャツを着倒してきただろう。丈夫なコットンでも、袖口や襟周りはそのうちくたびれるものだし、こちらの体形が変わって、気に入っていたシャツが着られなくなってしまうこともある。

「でも、男のシャツって、簡単ですよね。俺は別に、悩むこともないですけど」

「そうか？」

「そうですよ」Ｋが、自分のシャツを指差した。「襟の形と色、柄が違うだけじゃないですか。女の人がブラウスとかを選ぶのに比べれば、全然……」

「いや、結構面倒だろう」

「そうですか？」Kが首を傾げる。「いつも白じゃなくて、たまにはストライプとかも着ればいいのに。お洒落を自任してるなら、それぐらいは普通でしょう」

「そうだな……」顎に手を当て、考える。ストライプの中でも、薄いブルーなどは非常にすっきりした上品なデザインだ。

実際一時は、ストライプ柄のシャツばかり着ていたことがある。まだ相当太っていた時期で、縦縞(たてじま)なら多少は痩せて見えるのではないか、と甘い期待を抱いていたのである。本当にそう見えていたかどうかは分からないが。

いつからストライプ柄を着なくなったか……ネクタイの趣味が変わってからだ。最近の俺は、レジメンタルタイをすることが多い。少し若々しく見せたいからなのだが、これがストライプ柄のシャツと合わないのだ。縞と縞。色合いを合わせたつもりでも、喧嘩(けんか)してしまって上手くいかない。さらにストライプのスーツを合わせたりすると、目がちかちかする。そういうスタイルが許されるのは、〈ラルフローレン〉のカタログの中だけだ。

「やっぱり無地が一番だな」

「何か最近、それればかりじゃないですか？　白のボタンダウンばかりでしょう」

「そうかもしれない」

「飽きません？」

「飽きないね」

最近は、スーツに合わせる男のシャツは、基本的に白だけでいいのではないか、と思うようになった。違いはカラーの形だけ。レギュラーか、ラウンドか、ボタンダウンか……正統派を気取るなら、レギュラーカラーに限るのだろうが、俺はボタンダウンにこだわりを持っている。「普通の堅い仕事をしているわけじゃない」と意識しているからだ。ボタンダウンなら、かっちりしたスーツを着ていても、少しだけカジュアルな香りが漂う。ついでに言えば、スーツを脱いでシャツだけになり、腕まくりをするには、レギュラーカラーよりもボタンダウンの方が合っている気がしていた——シャツだけだと下着姿とイコールなのだが、気合いを入れる時にはこうなる。

結局今日も、白いボタンダウンのシャツを2枚仕入れてきたのだった。何枚も同じものを買って、とKが馬鹿にしたように笑ったが、無視する。散々俺をからかったのだから美味(うま)いコーヒーでも奢(おご)らせようと、事務所を出て喫茶店に誘った。コーヒーを飲みながらKの様子を観察する。こいつも、ワイシャツには関心がないというか……だいたい白いシャツを着ているのだが、特に何かこだわりがあるようには見えなかった。

「散々文句を言ったけど、お前はどうなんだ？　好みのシャツとか、ないのかよ」

「だって、シャツは下着なんでしょう？　いつも言ってるじゃないですか」Ｋがにやりと笑う。「下着なら、そんなに気を遣うのは変ですよ」

「だけど、外からも見えるし、直接肌に触れるんだから」俺は少しだけ苛立ってきた。Ｋは基本的に物にこだわらない。スーツに黒い革のスニーカーを合わせたり、ディンプルができなくなるほどネクタイがへたっても、まったく気にする様子がないのだ。

「ま、適当に。着れればそれでいいんですよ」

「それじゃ、気合いが入らないだろう」こいつは、例えば冬の朝にワイシャツを素肌に羽織る時の心地好さを知らないのだろうか。冷え切った部屋の中で、最初に肌に触れるシャツの感触を大事にしないでどうする。

そう思って、改めてＫのシャツを見る。例によって白いワイシャツに、今日はノーネクタイ。サイズが合わないのか、少し生地がだぶついている。ネクタイをしていないせいもあって、ひどくだらしなく見えた、が……シャツの質がどうこう言う以前に、アイロンがかかっていないのだと気づいた。

Kが抱える問題の本質は、これだ。シャツそのものに罪はない。シャツにアイロンをかけないKの性癖こそが問題なのだ。

クリーニングに出すなり、自分でアイロンをかけるなりしろよ、と言おうとして口をつぐむ。

「下着にアイロン、かけますか?」と切り返されるのが落ちだ。

23　似合う男　その1

あなた、このままだと死にます、と言われた。10年ほど前のことである。

俺は、大抵の脅しには屈しない。「クソ野郎」と言い返すか、黙って殴り倒すかすれば、大抵の問題は解決できるからだ。

ただ、この時だけは別だった――その台詞を吐いたのは、医者だったから。

「このまま体重を落とさないで、自堕落な暮らしをしていたら、5年後に心筋梗塞か脳梗塞を起こす確率がかなり高い」

その宣告を受けて以来、俺は必死に減量に努めた。どれぐらい減量した？　そんなことは、具体的には言えない。何もわざわざ、自分のデブさ加減をアピールすることはないだろう？　少しだけヒントを出そう。体重は10年間で約15パーセント落ちた。

5年ほど前には、医者が警告した諸々の数値が、ほぼ正常値に落ち着いた。特に病気をすることもなく、今まで生きながらえている。だが、人間の欲望に終わりはない。俺はこのまま体を絞り続けて、標準体重——残念ながらまだ遠い——に向かうよりも、体形を変化させる方を選んだ。そう、どうせならTシャツの似合う体形になろうと。

ちなみに、俺に減量を勧めた医者・Gは、今ではジム仲間である。

「Tシャツの似合う体形」。何と響きのいい言葉か。広い肩幅、盛り上がった肩、ほどよく鍛えた大胸筋に、締まったウエスト。究極の男のファッションは、白いTシャツとジーンズで決まりなのだし、どうせ体重を落とすなら、体調維持だけではなく、もっと前向きの目標があった方がいい。

「まあ、頑張ったのは認めますよ」並んでバイクを30分漕ぎ、ほぼ虫の息になったGが、悔しそうに言った。「10年前に比べると別人ですからね」

「努力は実るんです」俺は胸を張った。俺より長いトレーニング経験を持ち、何歳か若いGだが、最近は俺の方がずっと元気だ。医者も忙しいのだろうし、トレーニングもしばしば間が空いてしまうようだ。

「それで、今年のTシャツはどうしました?」Gが訊ねる。春先、Tシャツ好きの二人にとっては、新作を仕入れる時期なのだ。毎年同じ話題になる。

「スリードッツの濃紺と黒。もう買いましたよ」

「相変わらず地味ですな」

「シックと言うべきでは？」

　Gが鼻で笑う。彼は昔から、プリントTシャツ一辺倒なのだ。いい年をして、派手なプリントのTシャツを着る趣味は俺には理解できないが、本人が満足しているのだからよしとしよう。Tシャツはオフの服であり、社会的立場や仕事の内容を上手く覆い隠してくれる。彼は、ディズニーのキャラクターが入ったプリントTシャツを堂々と着て、医者という素顔を隠すのだ。隠して何をやっているのかは知らないが。

「私はディーゼルを買いましたよ」

「また、高い物を」思わず苦笑する。

「お互い様でしょう。スリードッツだって高い」

　確かに。水を一口飲んで、俺はうなずいた。〈ディーゼル〉のTシャツなら、1万円はするだろう。だが、俺が2年ほど前から愛用している〈スリードッツ〉も、値段は5桁になる。Tシャツに5桁はどうかと思うが、着心地が最高なのだ。

薄いヴェルヴェットといった感触で、しっとりと肌に吸いつく。

マシンルームの方に向かってだるそうに歩き出しながら、Gは、「最近はTシャツと言っちゃいけないそうですね」と面白そうに言った。

「へえ」

「カットソー、だそうで」

「それは女性向けじゃないんですか」

「いや、男も」

「何だか変な感じですね」俺は肩をすくめた。「TシャツはTシャツでいいと思うけど」

「確かにねえ。着心地はいいし、ファッショナブルだけど、Tシャツなんてそもそも、そんなに高い物じゃなかったはずなのに」Gも釣られたのか、肩をすくめる。「最近は、洗濯機で洗わない奴もいるそうだから」

「クリーニング? ありえない」呆気にとられ、俺は思わず立ち止まってマシンルームの中を見回した。一応「高級」の部類に入り、会員の年齢層が高めのこのジムでも、さすがにそんなTシャツを着ている人は見かけない。

「Tシャツも立派なファッションだ、ということなんでしょう。だいたい、我々も人の事は言えない」

「確かに、高い物を買ってるから」俺は頭の中で、スリードッツの値段を再確認した。「でも、クリーニングには出さないですよ」

こんなはずじゃなかった、と思う。俺はただ、〈ヘインズ〉や〈アヴィレックス〉のＴシャツを、タイトに着こなしたかっただけなのだ。ようやく腹が引っこみ、そこそこ逆三角形の体形が作れた今だからこそ、堂々と着られるウエアなのだ。いわば、体を綺麗に見せるための道具。

しかし人は、年を取る。

仕事のキャリアを重ね、そこそこ収入も増えてくると、「今さらヘインズじゃないだろう」という、大人の嫌らしい感覚も持つようになるのだ。ベーシックアイテムであるＴシャツこそ、いいものを。ファッション誌のそんなコピーに洗脳され、高額なＴシャツ、もといカットソーが、チェストの中に増えていく。

「だいたい今さら、３枚１０００円のＴシャツは着られないでしょう」俺の心情を読んだように、Ｇが言った。

「へろへろで、１年着たらダメになるから。いい年して、そんな物は着られない」俺も同意した。

「結局、いい物を長く着るのが、大人の智恵なんですよ」

「その通り」

大人の常識でうなずいてしまったが、どうしても疑念は残る。

これでいいのか？　Tシャツ1枚に1万円？

何かが間違っている。だが、何が間違っているのか、答えが分からない。そして俺とGはまた新作のTシャツを話題にするのだろう。似合うかどうかではなく、値段のことを中心に。

24　戦士の休息

若い友人、Ｍはお洒落な男だ。とはいっても、俺たちオヤジのように金をかけてのお洒落ではなく、限られた予算の中で組み合わせを楽しんでいる。

その彼が、今風のトレンチコートを着て現れたので、俺は鼻に皺を寄せた。多少気が弱い彼は、目ざとくそれに気づき、一歩下がった。別に、取って食おうというわけではないのだが……。

「あの、何かありました？」

「そのコートだよ」

「コートが何か？」Ｍがトレンチコートの襟を触った。色は黒、生地には張りがあり、体にぴったり合っている。そして腿の半ばまでしかない短丈。

「最近のトレンチは、みんなそんな感じだよな」

「ああ、そうですね」自分が怒られているわけではないと気づいたのか、Ｍがほっとした表情を浮かべた。

「何でだ?」

「いや、私に聞かれても」Mが、困ったように唇を尖らせる。そんな風にすると、ひどく子どもっぽく見えた。

外で待ち合わせたので、今日は俺もコートを着ている。やはりトレンチなのだが、Mのスタイリッシュなそれとは違い、昔ながらの物だ。膝丈で、作りはゆったりしており、少しだぶついている。実際、昔ながらのトレンチコートは、表示サイズよりも余裕があるのがほとんどだ。

最近は、どんな服もスリムサイズが基本で、俺のような太い体形の人間には辛いことばかりである。コートも例外ではない。タイトで短いコートを上手く着こなせたら格好いいとは思うが、残念ながら試着しても首をひねるしかない。そもそも腕が入らなかったりする。

服なんて、サイズや色に流行り廃りがあるから、いつかはオリジナルに近いデザインのトレンチコートが流行るかもしれない。しかし、これでいいのか、と考えてしまう。本来のハードな使い方を想定すれば、スリムで洒落たトレンチコートなど、ある意味偽物ではないだろうか。

男の服の多くは、軍隊にそのルーツを持っている。トレンチコートも例外ではなく、第一次世界大戦時、イギリス軍が寒冷地で使用するコートとして採用し、一気に普及したという。もっとも、実際に「寒冷地向き」かといえば、首を傾げざるを得ない。裏地はついているものの、ダウンジャケットやウールのコートに比べれば、特に保温性に優れているわけでもない。

ただ、アクティブな印象があるのは間違いない。

冬場、フォーマルな場に出ていくためのコートと言えば、チェスターフィールド・コートにとどめを刺す。胴から上はほぼ背広、ただ丈だけが長いのが特徴のチェスターフィールド・コートの由来は、19世紀にまで遡るというのが定説だ。基本ウールなので、保温性も高い。

よりカジュアルで動きやすいコートなら、ピーコートやダッフルコートがある。トレンチコートと同じように軍服がルーツだが、こちらは見た目の印象からして、ビジネスの場で着こなすには難易度が高い。Mのような若い洒落者なら、場の雰囲気を乱さずに着こなすかもしれないが、俺のように50歳になると、やはり「無理だ」という意識が先に立つ。

そこでトレンチコートになる。

由来が軍服とはいえ、トレンチコートには戦場以外にドラマもある。ハードボイルド。映画のスクリーンの中で、探偵たちが着たことで、ハードなイメージが定着したのだ。もっとも、やり過ぎて、後にはパロディの対象にもなってしまったのだが。

「ぴったりしたコートだと、動きにくくないか？」

俺はMに訊ねた。待ち合わせ場所から喫茶店に移動し、二人とも既にコートは脱いで畳んでいる。Mのコートは、俺の半分しかないように見えた。

「まあ、そうですね」Mが認める。

「いざという時にそれだと、困るだろう」

「いざって、何ですか」Mが笑った。今のこの時代、日本で機敏な動きが要求されるなどとは、考えてもいないだろう。

「いざはいざだよ」

「昔は普通のトレンチコートも着ていたんですけど、何だかコートに着られる感じがするんですよ」

確かにトレンチコートは、大人のためのコートである。Mのように若い人間が着こなすためには、短丈、スリムというのがいいのだろう。

　トレンチコートを世に広めた本当の功績者は、ハンフリー・ボガートかもしれない。映画『マルタの鷹』で、ボガートはトレンチコートを着ていただろうか？　着ていたとすると、既に40歳になっていたはずである。それなりに年輪を重ねないと似合わない服……そう考えると、俺がオーソドックスなトレンチコートに固執するのは当然かもしれない。嫌というほど人生経験を積んできたのだから。そう言うと、Mはまた首を傾げた。

「でも、昔からトレンチコートを着てましたよね。それも、だいたい同じデザインの。もしかしたら、20代の頃からそうだったんじゃないですか」

　言われてみればその通り。20代の俺は、似合いもしないトレンチコートを着て、格好をつけていたのだと思う。だが、トレンチコートを着続けてきたことには、当然理由がある。

　ベルトを締めた瞬間、背筋が伸びる。東京という忙しない街は、ある意味戦場だ。武器を手に持つのはまっぴらごめんだが、コートを着た瞬間に戦闘準備完了、と感じるのだ。この街で生き抜くための戦闘服が、まさにトレンチコートなのだ。

　しかし、それを説明するのは何となく照れ臭く、俺はトレンチコートを着続けるもう一つの理由を告げた。

「これな、実は布団代わりなんだ」

「布団?」

「そう、どこでも眠るために必要なんだ。お前のコートみたいに短いと、風邪を引くだろう?」

Mが、何とも言えない表情を浮かべた。服を布団代わりとは、何と馬鹿げたことか……と呆れている様子である。だが、彼には分からないのだろう。都会で戦う戦士は、短い時間でも、どこでも眠れないとやっていけないのだとは。

25　歴史にやられる

Hと一緒に、神保町（じんぼうちょう）を歩いている。

「何か、臭いんですけど」Hが、形のいい鼻をひくつかせた。

「そうか？」

「オイルっぽいっていうか……あ、もしかしたら、これですか？」Hが俺のコートの袖に触れる。細い指を鼻先に持っていき、臭いを嗅いで顔をしかめた。

「そんなに臭いかな？」

「女子的には、どうかと思いますよ」Hが首を振る。「何か、工場っぽい臭いというか」

「工場で働いている女性もいると思うけど」

Hは肩をすくめるだけだった。神保町散歩につき合わされているのが、気にくわないのかもしれない。

俺の神保町散歩はいつも、ＪＲ御茶ノ水駅を起点に始まる。お茶の水交番前の交差点をスタートし、だらだら坂を下りて駿河台下の交差点に至り、靖国通りを右へ行くか左へ行くかは、その日の気分次第。

明治大学の新しいキャンパスができてからは、この坂道を吹く風が少し強くなったようだ。思わず、Ｈには不評だった〈バブアー〉の《ビデイルジャケット》の襟を立て、少しだけ背中を丸める。このジャケットはほぼ風を通さないが、決して暖かくはない。今日は、中に着込んだ分厚いアランセーターが頼りである。前をきっちり閉めると、完全に風が遮断され、少しだけほっとする。今年の冬は、東京も珍しく寒い日が続いて、ダウンジャケットを着る機会が多かったので、お気に入りのビデイルジャケットを引っ張り出すのは久しぶりだった。

秋から冬にかけて何を着るかは、結構難しい。特に東京の場合、寒かったり暑かったりで、頭を悩まされることが多いのだ。スーツを着ている時なら、トレンチコートやチェスターフィールド・コートで決まりだが、難しいのは、カジュアルな格好の時である。例えば――。

「ゴアテックス」の名前を初めて聞いたのは、30年も前、大学生の頃だっただろうか。「水は通さないが蒸気は通す」。あっと驚く発想が衝撃的だった。雨の日に着ていても蒸れないし、ある程度は寒さも防げる。一時、冬場に外を歩く時の上着は、ゴアテックス素材の物で統一していたこともあった。

だがこのゴアテックス、残念ながらアウトドア専用のイメージが強い。もちろん、そのために作られたのだから当然だが、色合いも派手で、街では浮きがちなデザインの物が多い。というわけで俺は、バブルの頃、ゴアテックスを卒業した。ハードさが気に入って、平然とジャケットの上に着ていたこともあるが、50歳になるとそうもいかない。

だったら、他の物はどうか。

ダウンジャケットは着膨れる。革のフライトジャケットはミリタリーイメージが強過ぎ、ダッフルコートは30歳を過ぎた途端に似合わなくなった。ピーコートも同様である。日本ではやはり、受験生や大学生のイメージが強いのか。

そこでバブアーなのだ。

最初は、よくあるアウトドアウエア――しかもデザイン的には地味な――として、このビデイルジャケットを買った。正直、その直後は「失敗した」と後悔したものである。Hではないが、やはりオイル臭い。満員電車に乗っている時など、近くの人が不快にならないかと、心配になってしまうほどだ。

しかも、決して使いやすくはない。暖かさは、下に着るもので調整しなければならないし、特徴的なオイルクロスは、時々オイルを染ませてメインテナンスしてやる必要がある。ナチュラルな素材でできているから当然だが、ハイテク素材のアウターでは、こんな面倒なことをしなくてもいい。

だったら何故俺は、バブアーを着続けるのか。

頑丈だし、地味なデザイン故にジャケットなどに合わせやすい、ということもある。だがそれ以上に――正直に言うと――歴史にやられた、ということだ。

男は歴史に弱い。物語に弱い。王室御用達にも弱い。

そして多くの男性服のルーツがイギリスにある以上、アウターウエアも、イギリス製に収斂(しゅうれん)していくのは当然かもしれない。

バブアーの創設は、100年以上前に遡る。港町で働く漁師のために、完全防水のジャケットとして作られたのがそのルーツだ。エジプト綿とオイルの組み合わせは完全な防水性能を誇り、オイルが落ちても、また染みこませれば元通りになる。これは当時にしては、驚くべきハイテクだったのではないか。防水性という点では、ゴムを挟みこんだ「マッキントッシュ・クロス」に匹敵するだろう。

働く男のアウターウエアとしては、ほぼ完璧だ。もちろん真冬には、漁師たちはバブアーの中にアランセーターを着こんでいたことは、想像に難くない。

ただし色気は——多くのイギリスの服と同じように、皆無だ。腰まで覆う長さ、裏地のデザイン、コーデュロイがあしらわれた襟など、全ては機能としての意味を持ち、デザインのためのデザインではない。そこが、現代の都市生活者である俺を痺れさせる。現場で鍛えられた服は、野暮ったさを突き抜けて、一種の粋の世界に到達するのだ。

オイルの香りがふわりと鼻先に漂う。この香りは、Hのように慣れない人にはやはり迷惑だろうが、着続けていると、暖かさを感じるようになる。香りさえ、着心地の一部なのだ。家に帰ったら、またオイルを塗りこんでやろう。何だったら、Hに蘊蓄を垂れてやってもいい。

「それ、臭いだけじゃなくて、大きな弱点がありますよね」Hが唐突に言った。

「何が？」

「腕、組めませんよ。べたべたして」

何を馬鹿なことを。俺は思わず、声を上げて笑った。そもそも、二人で腕を組んで歩いたことなど、ないではないか。

駿河台下の交差点を右へ折れ、古本屋街へ向かう。冷たい風に首筋を撫でられるうちに、何故か古本のカビ臭さが恋しくなった。今日はこのまま、古本屋街を歩いてみるか。

東京はまだまだ寒い。そして俺は、バブアーを着込んで、寒い街を歩く自分が嫌いではない。たとえHに腕を組んでもらえないにしても。

26 似合う男　その2

ちょっと調べ物をしていて、古い雑誌をひっくり返しているうちに、思わず笑ってしまった。

今から20年以上前、バブル最盛期のファッション誌。このスーツは……極端な肩パッド入り、そして太い。パンツに至っては、ドーリア式の円柱を思わせる。最近の、「タイト目、短目」ブームの真逆である。ついでに言えば、モデルはことごとく揉(も)み上(あ)げのない髪型。

「確かに、こんなのが流行ってましたよね」調べ物を手伝ってくれていたHが、妙に感心したように言った。

「この頃の男の服装なんて、覚えてないだろう」何しろこういうファッションが流行っていた頃、彼女は10歳になるかならないかぐらいだったはずだ。

「何となく覚えてます。テレビとかでも、皆こんな感じだったですし」真顔で私を見て、「やっぱりこういうスーツを着ていたんですか？　ちょうど仕事を始めた頃ですよね？」と訊ねる。

ノー。俺は、流行り廃りに流されるような人間ではない。

男のスーツは、基本的に3種類しかない。

イギリス、アメリカ、イタリア。そのベーシックなスタイル以外は全て「流行」であり、いずれは消えていく。だがこの三つは、多少のデザイン的な変化こそあれ、ずっと生き残ってきた。

そして俺は、スーツを着て仕事をするようになってから、ずっとアメリカ派だった。

アメリカのスーツは、〈ブルックス・ブラザーズ〉の「タイプⅠ」を全ての始まりとする。三つボタン段返り、センターベント、そしてウエストは絞らない。簡単に言えば、質実剛健でダサい。

雑誌のページをぱらぱらとめくる。

出た、定番の企画「体形カバーの着こなし術」。「がっしり型の人はアメリカンタイプのスーツを」。言葉は使いようで、「がっしり型」と言うのは、「太っている」のを、穏便に表現したに過ぎない。それこそ、ブルックス・ブラザーズのタイプI向きの体形。どこか野暮ったく、オッサン臭く見えるのは承知のうえで、20代からそれこそ40代の前半まで、俺は同じアメリカンスタイルを貫き通した。ウエストを絞ったイギリスタイプや、ほっそりとしたイタリアタイプは絶対に似合わないし、そもそも着られない。〈ポール・スミス〉のスーツを試して「腕が入らない」という、屈辱的な経験をしたこともある。だいたいスーツなんて、仕事着なんだから、こだわりを持っても仕方ない。

——そんな話をしたら、Hは爆笑した。「要するに、それしか入らなかったんでしょう？」と。

俺がむっとして黙っていると、Hが真顔に戻った。

「でも今のスーツ、そんなに野暮ったくないですよね」

「変わったんだよ」

そう、変わった。考え方と、そして体形が。

最初に異変に気づいたのは、5年ほど前だった。ジムに通い始めて4年ほど経った頃だっただろうか。

それまで着ていたスーツが、体に合わなくなってきた。胸がきついのに、ウエストが緩い。ついでに肩が落ちる感じになってきた。全体には、一回り大きなスーツを着ている感じで、これはひどくみっともない。

体形が変わったのだ、とすぐに気づいた。大胸筋が分厚くなり、ウエストは絞れる。さらに三角筋が盛り上がってきたので、必然的に肩がなだらかになり、スーツが落ちてしまうのだ。体重が減ったのは願ったり叶ったりだが、とにかくこんなみっともないスーツを着続けるわけにはいかない。

買い換えるタイミングで、既製品を色々試してみたのだが、どれもこれもサイズが合わない。迷った末、俺は銀座にあるイギリスの老舗〈ダンヒル〉の日本旗艦店に駆けこんだ。

イギリスのブランド？　少し前の自分だったら、絶対に手は出さなかっただろう。しかしさすがに、40代も半ばになると、「スーツは仕事服」などとは言っていられなくなる。どちらかと言えば、自分のキャリアを表現するための「顔」としての役割が強くなってくるのだ。安っぽいスーツ、体に合わないスーツを着ていると、どれほど仕事ができる人間でも、初対面の相手を信用させることはできない。

そこで俺は初めて、吊るしのスーツを手直しした……完璧だった。肩の位置、袖の長さ、ウエストのシェイプを直しただけで、スーツは体に張りつくようになった。あまつさえ、これまでよりもスマートに見える。

以来俺は、スーツは全てそこで誂えている。以前のデータが残っているから楽なのだが、実際にはオーダーする都度、測り直している。トレーニングはずっと続けているわけで、50歳になってもまだ、体形が変わり続けているからだ。毎回面倒なことだが、ミリ単位の調整で、スーツは俺にとって第三の皮膚（第二はシャツ）になった。

もっとも俺がそこを気に入っているのは、その完璧な仕事ぶりのためだけではない。店のクラシカルな雰囲気——「作った」感が少ない——が気に入ったこともあるし、初めて採寸された時に、いかにもベテランらしい店員にさらりとこう言われたのが今でも効いている。

「逆三角形でいらっしゃるから、スーツがお似合いですよね」

そうか、俺は逆三角形の体形になったのか。金を注ぎこんで、トレーニングしてきたのは間違っていなかったわけだ。少々値は張っても、逆三角形の体に似合うスーツを誂える喜びを、この店で生まれて初めて満喫できた。あの時は、正直、少し耳が赤くなっていたと思う。

——という話を彼女にしたら、また爆笑された。

「何かおかしいか？」

「いや、服そのものじゃなくて、お店の雰囲気が好きでスーツを買うのは筋違いでしょう」

「悪いか？」俺は顔をしかめた。

「別にいいですけど、そんなことで喜ぶなんて、本当に単純ですよね」目の端から溢（あふ）れ出した涙を人差し指で拭いながら、彼女がつぶやいた。

悪かったね、単純で。だけど男は、そういうものなんだよ。

また「逆三角形」の褒め言葉を聞きたくなってきた。そう言えばそろそろ、秋のスーツを作りに行く時期である。

27　俺たちの制服

Ｆの格好を見て、俺は絶句した。

デニムを穿（は）いている。

「何か？」Ｆが怪訝（けげん）そうな表情を浮かべる。

「いや……お前がデニムを穿いてるのを見たの、初めてかもしれない」

「そうだったかな」

Ｆがさらりと言った。まあ、考えてみれば当然かもしれないが……知り合いの中で一番洒落者のＦと会うのは、だいたい平日の夜だ。当然彼は仕事帰りで――既に役員だ――常にスーツ姿である。それに、スーツをいかにシャープに着こなすかに全神経を注いでいるせいか、「Ｆと言えばスーツ」の印象が強い。

それが今日は、ややタイトなデニムに細かいチェックのシャツ、ヴィンテージ加工を施した革のフライトジャケットという、カジュアルな格好である。何だか別人のように見えた。年齢よりも若々しい感じがする。

「会社へ行かない日は、だいたいこんなもんだぜ」Fが言い訳するように言った。

確かに今日は日曜日。大学時代の後輩が家を新築したというので、そのお祝いに出向くために待ち合わせたのだ。

「役員になると、休みの日もきちんとスーツを着てるのかと思った」

「まさか」Fが苦笑する。「自由業のお前みたいなわけにはいかないけど、俺だってデニムぐらい穿くよ。結構本数も持ってるしな」

意外だった。

しかし思い返してみると、Fも昔からスーツを着ていたわけではない。つるんで遊び回っていた学生時代には、Fもいつもデニムを穿いていた。だから、「初めて見た」というのは、明らかに俺の勘違いなのだ——それだけ、Fのスーツ姿が板についている証拠かもしれない。

今でこそ、服と靴に金をかけることを生きがいにしているFだが、学生時代は俺と同じで、いつも「金がない」と嘆いていた。当時は食べるのが最優先で、お洒落に金を使う意識など、ないに等しかったのである。だいたい今考えれば、服は昔の方がずっと高かったと思う。今、街に氾濫する激安の量販店など、存在していなかったのだ。

その頃、デニムは俺たちにとって実に貴重な存在だった。人生の相棒だったと言ってもいいだろう。

それほど高くない。そして何しろ丈夫。少なくとも俺は、「デニムが破けた」という経験を一度もしたことがない。2本持って、時々洗濯しながら順番に穿いていけば、大学時代の4年間をそれだけで済ませられたのではないだろうか。実際には、ちょくちょく新しいデニムを買っていたのだが。

当時の俺たちにとって、デニムは万能ウエアだった。季節を問わずに穿けるし、どんなスタイルにも合う。ただし、ローデニムにシャンブレーのシャツ、えんじ色のタイにブレザーを合わせた時には、当時つき合っていた彼女にダメ出しされたものだが。「ジーンズにネクタイは合わないから」と。そんな格好をしているのはショップの店員だけよ、と笑われた。

ただ、少し後に、Fが同じようにデニム＋ネクタイという格好をしてきた時には、何も言わなかった……あれは、着こなしの問題だったのかもしれない。Fは当時から、センスがあったということなのだろう。

ただFにとっても、デニムは便利な万能パンツだったのは間違いない。毎日毎日、二人とも同じようなデニムばかり。「何だか、下だけ制服みたいだよな」と、二人で笑い合ったこともある。

「あの頃、デニムなんて言ってなかったよな」ふと思い出して言ってみた。

「ああ?」

「ジーパン。その後でジーンズ。今はデニム」

「そうそう」Fがにやりと笑う。「同じ物なのに、名前が変わったわけだ」

「出世魚みたいなものか?」

「そうかもしれない」

「それと、昔よりもデニムを穿いている人、増えてないか?」

「確かに」Fがうなずく。「ブランドもタイプも増えたから、選びやすくなったんだろうな。本当に、色々なタイプがある。選ぶ時、いつも迷うよ……結局、いつも同じような感じになるんだけど」

確かに。基本は〈リーバイス〉の《501》——全てのデニムの祖先——のようなストレートだとしても、その時代時代でやはり流行り廃りがある。足に張りつくようなスキニーが街に溢れたこともあるし、極太のシルエットを腰穿きするのが流行ったこともある。色も、ワンウォッシュの濃い紺色が主流だったり、ヴィンテージ加工がもてはやされたり……ケミカルウォッシュ、などというのもあった——今もあるのだろうか。

今は様々なスタイルが混在しているが、スキニーまでは細くないものの、スマートなストレートが主流と言えるだろう。ちなみに俺はここ数年、「何となく男らしく見える」のと、実際にブーツを履くことが多いので、ブーツカットのデニムばかりを選んでいる。その前には、意地のようにストレートしか穿かない時代もあったのだが。

もしかしたら、変わったのは俺のスタイルかもしれない。

昔から腿が人並み外れて太かったので、あるサイズ以下のデニムはまず入らなかった。腿に合わせるとウエストがゆるゆるになってしまう。それがいつの間にか、腿のサイズとウエストがぴったり合うようになり、やがてウエストサイズに合わせると腿が余るようになった。

要するに太った。

そこから一念発起して、今は学生時代よりも小さいサイズを穿けるまで体を絞りこんでいる。もっとも、スリムなシルエットの物を穿くことは、永遠にないだろうが。全体的に太いので、絶対に似合わないのだ。

学生時代から、何本のデニムに足を通してきただろう。

無駄と言えば無駄である。そもそも、いい加減デニムを卒業してもいい年だと思うのだが……たぶん、無理だ。デニムは今でも、俺にとって制服である。何の？　人生の。だから生きている限り、デニムとのつき合いは続く。

第4章

趣味こそわが人生

28　一本道を走りたい

ここは中国か、あるいはベトナムか、と目を疑う。

俺の右足首は攣りそうになっていた。アクセル、ブレーキの細かい操作。のんびりとアクセルを踏んでいるだけでは、突然目の前に現れる自転車にぶつかってしまいそうになるのだ。当然、両サイドにも注意を払わなければならない。割りこみ、すり抜け……自転車はわずかな隙間にも突進し、たとえ数メートルでも前進しようとする。

「参ったな」

「何がですか」助手席に座るHが、のんびりした口調で言った。仕上げたばかりのネイルが気にくわないのか、視線はぴんと伸ばした指先に落としたままである。

「自転車」

「自転車が何か？」Hが顔を上げた。訳が分からない、とでも言いたげに、首を傾げる。

「こんなに自転車が多くちゃ、危なくてしょうがない」

「でも、都内では自転車の方が便利なんですよねぇ」Hがのんびりした口調で言った。

「だけど、何で夕方の国道246号線がこんなに自転車だらけなんだ？」

夕日に向かって走る自転車の群れ、群れ、群れ……様々なデザイン、派手な色使いなのだろうが、ほぼ真っ赤に染まって、全部同じに見える。この時間の246号線は渋滞気味で車は詰まっているが、自転車はそれより多いかもしれない。

「それは、自転車の方が時間の計算ができますから。渋谷から二子玉川ぐらいまでなら、車より自転車の方が全然早いですよ」

「危なくてしょうがない」

「ちょっと気をつけてあげればいいだけでしょう？」

ちらりと横を見ると、Hは艶然と微笑んでいた。そうか、彼女も最近、自転車を買ったのだ。というかそもそも、俺は彼女の買い物につき合わされたのだ。〈ビアンキ〉のマウンテンバイク、色は女性らしからぬ黒。

「で、そっちの自転車はどんな感じ？」

「快調ですね」Hが嬉しそうに言った。「やっぱり、自分の体で風を切る感覚は、最高ですよ」

「そういうの、嫌いかと思ってたけどな」

彼女は絶対に、アウトドア派ではない。必需品は日傘と日焼け止め。だから「自転車を買う」と宣言した時には、心底驚いた。まあ、流行だから……彼女は意外と、ミーハーなところがある。

「東京都内の移動手段としては、最強じゃないですか」

おっと……また1台、自転車がサイドミラーをかすめそうになる。苛立ちがつい、皮肉になって出てしまった。

「雨が降らなければ、な」

「雨が降ったら、出かけなければいいんです」

「それじゃ仕事にならないだろう」

「ま、その辺は何とか……だいたい、ダイエットにもいいんですよ」

「君が、痩せる必要があるとは思えないな」10年以上もダイエット継続中の俺に対する皮肉か、と思った。

「うーん……ダイエットが悪ければ、効果的な運動。いい感じですよ。下半身に粘りが出てきたみたいです」

「粘りが出て、どうするんだよ」

どうにも会話が嚙み合わない。またも自転車がサイドミラーにぶつかりそうになって、俺は舌打ちした。

それにしても、いつの間に自転車というのは、こんなにカラフルになったのか。左側を風のように走り抜けていったのは、背の高い若い男が漕ぐ〈トレック〉のロードレーサー。ウエアまで本格的だ。こんな時間に練習か？

今、右のサイドミラーに映っているのは、〈センチュリオン〉のクロスバイクだ。こちらは無理なすり抜けはしない主義のようで、俺の車の手前でゆっくりと停まる。辛うじて片足をついたのは、Hのような若い女性だった。

どうしてこんなに、自転車のメーカーに詳しくなってしまったのだ？——Hの買い物につき合ったせいだ。Hはやけに用心深いというか、用意周到な女で、実際にショップに足を運ぶ前に、専門誌を見たり、カタログを集めたりと、徹底して研究を続けていたのだ。二人での仕事の合間に、そういう作業につき合ってきた俺も人がいいというか、何というか……。

いつの間にか、ハンドルを指で叩いている。苛ついている時の癖だ。

「自転車専用レーンを、早く整備すべきだよな。それと、マナー教育もちゃんとしないと」

「何でそんなに、自転車を目の敵にするんですか」不思議そうにHが訊ねた。

「事故にでも遭ったんですか？」

「いや」

「じゃあ、どうして？」

「もう一生分乗ったから。自転車に乗る奴の気が知れない」

「一生分って……」Hが戸惑いながら言った。「どういう意味ですか？」

それを明かすと、自分の素性がばれてしまう。何となく、Hには、昔の自分を知られたくない。

俺は高校の3年間、自転車通学をしていた。電車でもよかったのだが、体を鍛えるためには自転車だ、と思いこんでいたのだ。雨でも雪でも自転車。片道10キロ、毎日20キロも自転車に乗り続ければ、いくら何でも嫌になる。今は絶対に、自分でペダルを漕ぐ気にはなれない。

あの頃は……田舎の一本道を走っていると、まったく危険な感じはしなかった。もちろん、常に全力疾走を心がけていたから、車に負けないぐらいのスピードが出ていたはずだし。毎日苦しかったが、爽快ではあった。今、東京で排ガスを吸いながら、車に気を遣って自転車に乗る勇気もない。

本当に、東京は自転車にも車にも優しい街ではない。

「どこかへ行こうか」

「どこかって、どこですか」

「楽しく自転車に乗れるところ。田舎へ行けば、車なんか気にしないで思い切り走れる」

「へえ。一緒にツーリングする気になりましたか？　やっぱり自転車は楽しいですよね」

否定はしない。然るべき道さえ、目の前に広がっていれば。

29 風に挑む勇気

「フェラーリよりスーパーカブだぜ」と言うと、Eは目をぱちくりとさせた。

オートバイに乗る感覚の楽しさを、人に説明するのは難しい。自転車よりはるかに速い（時にはスーパーカーと呼ばれる化け物車よりも速い）が、むき出しで空気に触れる感覚は、自転車に近い。オープンカーとは、明らかに違う。オープンカーは、せいぜい上半身が風にさらされるだけだ。オートバイのように、硬い空気の壁を全身で切り裂いていく感覚は味わえない。この独特の感覚こそ、オートバイに乗る喜びに他ならない。

「何ですか、それ」

「お前には分からないよ」

Eはオートバイどころか、車も運転しない。移動は常に公共交通機関という男だ。

「だいたい、危ないじゃないですか」オートバイに跨った私に、Eが訊ねる。眉をひそめ、本当に心配そうだった。待ち合わせ場所に俺がオートバイで現れてからずっと、どこかそわそわしていたのだ。

「危ないんじゃなくて、スリリングなんだ」

「分かりませんねえ」

「三つ子の魂百までもって言うんだよ。一度味わったら忘れられないんだ」

すっかり体に染みついた感覚は、10年ぶりにオートバイに復帰しても健在だった。しかし俺は、あるきっかけがなければ、二度とシートに跨らなかったかもしれない。

地震。

東日本大震災で、東京の人間は一様に、みっともない姿をさらした。電車が動かなくなっただけで、どれほど動きが取れなくなるか。会社から自宅まで歩き、夜明けにやっと辿り着いた人、わずか5キロの距離をバスで帰るのに、4時間かかった人——東京は完全に麻痺してしまった。

翌日以降、東京の交通はほぼ平常に復していた。だが俺はあれ以来、言いようのない不安に取り憑かれてしまった。もしも何日も交通が麻痺したら、どうしたらいいのか。

答えはオートバイだった。それもオフロードモデルなら、多少のがれきを乗り越え、どこへでも行ける。もちろん自分に、そんなトライアルレーサー並みの腕があれば、だが。1台あればもう一人は乗せられるわけで、震災時には大きな力を発揮するはずだ。

そう思ってカタログを漁り始めた俺は、愕然とした。

乗れるモデルがない。

国内4社は、かつてはより取り見取り、大量のモデルを生産していた。それが今、どの社もぐっと数を減らしている。選ぶのではなく、必然的に決まってしまう感じだ。

「でも、オートバイも斜陽産業ですよねえ」Eが俺の考えを読んだように、皮肉っぽく言った。「そこに協力しなくてもいいのに」

「昔は、物凄く盛り上がってたんだ。『HY戦争』とか、知ってるか?」

「何ですか、それ」Eが首を傾げる。

こいつの年齢だと、知るはずもないか。何しろ、〈ホンダ〉と〈ヤマハ〉が技術力の粋を競って販売競争を繰り広げた「HY戦争」(《RZ》と《VT》という、

２スト対４ストの争いでもあった）は、30年も前の話である。当時のバイク適齢期の人間は、もう40代半ばから50代になっているわけだ。まさに、俺の世代である。

そして、当時一緒に走った仲間たちは、皆オートバイから降りてしまっている。就職したから、結婚したから、子どもができたから……言い訳は百も二百もある。だが最大の原因は、「風に耐えられなくなったから」ではないか？　真夏の暑さ、冬の寒さと戦わなければならないし、マシンをコントロールするには全身の筋肉が必要だ。腹筋が弱くなれば、前傾姿勢を取り続けることすら、できなくなる。

俺は30代の半ばまでバイクに乗り続け、そこで挫折した。それ故、人を批判する資格はない。

しかし俺は、再び都会での足を手に入れた。このバイクは、１００キロ出すと悲鳴を上げ始めるが、その時のスリル感はたぶん、〈フェラーリ〉どころの騒ぎではない。フェラーリに対するには《スーパーカブ》で十分なのだから、こいつのライバルは、１０００馬力を絞り出す〈ケーニグセグ〉辺りになるのだろうか。

まさか、ね。

「とにかく、昔は日本の基幹産業だったんだよ」

「オートバイっていうと、何となく今は、東南アジアの国っていうイメージですけどね」

それは間違いない。東南アジアでは、移動の足としてオートバイが重宝されているのだから。しかしアメリカやヨーロッパには、オートバイの「文化」がある。腹が突き出る年齢になっても、巨大な〈ハーレーダビッドソン〉に乗り続けるアメリカ人。日本よりはるかに速度規制が緩い高速道路で、オートバイの性能をフルに発揮させるヨーロッパの人たち。

結局日本では、成熟した大人のためのオートバイ文化が成立しなかった、ということか。オートバイに乗るために、体を鍛える、というのがあってもいいのに。

「じゃあ、な」俺はヘルメットを被った。

「お気をつけて」Eが言った。本当に心配そうにしている。

セルモーター一発で、単気筒エンジンが目覚める。250ccなので、高速域の伸びが多少頼りないが、アイドリング時には、頼もしい鼓動を容赦なく体に送りこんでくる。結構重いクラッチを握り、ギアをローに蹴りこむ。アクセルを開け、ゆっくりとクラッチをミートしてスタート。すぐに2速、3速にシフトアップし、車の流れに乗る。都市部で無茶なスピードは出せないが、20キロでも30キロでも、独特のスリル感は健在だ。

風景があっという間に遠ざかる。風に挑み、風を突き破る独特の感覚。バイザーをおろし、アクセルを全開にすれば、身も心もこの場に置いて行かれそうになる。まさに、オートバイ以外では味わえない快楽の世界だ。俺は再び、風に挑む勇気を得たのだと思う。自分一人で、大人のオートバイ文化を創れるとは思わないが、もう降りることはないだろう。

願わくは、この新しい足が、地震の時に活躍することがないように。祈らざるを得ない。

30

2 or 4 or 6 or 8 or 12

やりにくい時代になった、と俺はつい溜息を漏らした。100年に一度の大変革期、こちらも思考パターンを全面的に変えなければならない革命だ。

「何で溜息なんかついてるんですか」Nが不思議そうな表情で訊ねた。

「いや、次の車のことだけどな……お前、車は何乗ってるんだっけ？」

「プリウスですけど、それが何か」

「やっぱりハイブリッドか」

そういう時代なのだということは分かる。環境とエネルギー問題を本気で考えなければならないのだ。今時、ハイブリッドや電気自動車を無視するような人間は、環境の敵である。

「まだ決めてないんですか？　いい加減、決めましょうよ。そろそろ車検なんですから」

「分かってるよ」

Nを乗せて、二人共通の友人に会いに行く途中だった。そう言えばこれから会う男も、仲間内では有名な車好きである。社会人になって以来、乗り換えた車は10台を下らないだろう。同時に2台を持つことはないが、だいたい最初の車検が来た時点で新車に乗り換えてしまう。休日はほとんどドライブに費やしているほどの車好きで、3年も乗ると走行距離はかなり伸びる。

メーカーはばらばらだが、基本的な好みはライトウエイトのオープンスポーツだ。夫婦二人暮らしなのをいいことに、ツーシーターの車を平然と普段使いする。今まで乗り継いできた車は、《マツダ・ロードスター》《アルファロメオ・スパイダー》《ローバー・MG》《ポルシェ・ボクスター》等々……今は《メルセデス・SLK》だ。俺が覚えているのはそれだけだが、他にも何台かあったはずだ。

実に節操がない。共通しているのは「オープン」で「ツーシーター」というだけで、日本車だろうがイタリア車だろうが、ドイツ車だろうが関係ないようだ。俺に言わせれば、同じオープンカーでもイギリス車とドイツ車はまったく違うのだが。

「でも、あの人は徹底してますよね」Nが妙に感心したように言った。「オープンカーなんて、日本だと乗りにくいだけでしょう？　いい根性してますよ」

確かに、日本は夏暑く冬寒い。どちらの季節も、オープンカー乗りにとっては過酷だ。実際、気持ちよく屋根を開けられるのは、5月と10月ぐらいだろう。要するに、日本でオープンカーに乗る意味はない。

「何か、車を選ぶ基準はあるんですか」

「同じ車には乗りたくない。それじゃ面白くないから」

「あー、でも、モデルチェンジする度に同じ車に乗り続ける人、いますよね」Nがつまらなそうに言った。

「俺みたいに面白いかどうかより、安心する方を重視する人だっているんだろうな」

俺は変化が欲しい。だから今まで、4気筒、6気筒、8気筒——今の愛車だ——の車に乗り継いできた。どのエンジンにも、それぞれの面白さがあったと思う。4気筒の軽さ。6気筒の滑らかさ。8気筒のたくましい鼓動感。もちろん、同じ6気筒でもV6と直6、水平対向6気筒ではまったく感覚が違うので、エンジンの楽しみは際限ないと言っていい。

ここまで様々な車に乗ってきて、まだ経験していないエンジンが一つだけある。

12気筒。

　自動車用エンジンの究極と言っていいだろう。当然のことながら高い技術力が必要で、価格も高くなる。だからこのエンジンを搭載している車は限られている。

「フェラーリとか、どうかな」遠慮がちに切り出してみた。

「はあ？」Ｎが脳天から突き抜けるような声を出した。「それはないでしょう。似合わないですよ、絶対」

「俺がフェラーリに乗ったら駄目か」

「フェラーリというか、イタ車全体、駄目です。自分のイメージを大事にしなくちゃ」

「俺のイメージって何だよ」

「質実剛健、正確無比とか」

「そりゃどうも」

　言われてみればその通りだが……他に12気筒エンジンを搭載している車を思い浮かべる。除くイタリア車となると、〈ベントレー〉……〈アストンマーティン〉……〈メルセデス・ベンツ〉や〈ＢＭＷ〉の上級ライン。俺は次々と候補を挙げてみた。

「あのですね、どれも論外ですよ」呆れたようにＮが断じた。

「何で」

「下手すると、家を買えるじゃないですか。車にそんなに金かけて、どうするんです？」

「そのために貯金するよ」

「何でまた。他にいくらでも、金を使うところがあるでしょう」

「そうかねえ」

人は一生のうちに、何台の車を乗り継げるだろう。それは、ただ「乗った」ではいけない。所有し、苦楽を共にしてこそ、車の本領が理解できるのだと思う。

「何か不満そうですね」

「気づいた時には、恐竜は滅亡してるんだよな」

「ああ」Ｎが納得したようにうなずく。「確かに恐竜は、いつかは滅亡するんですよね。でかい車は滅びて、そのうち全部ハイブリッドや電気自動車になるんでしょうねえ」

「だから、滅びないうちに乗っておきたいんだ。車は文化だから……今、目の前にある文化を逃したくない」

「車の進化って、テクノロジーの進化ですよね」

「ああ」

「車好きの人は、その進化を受け入れて、追いかけてきたんですよね」

「……そうか」だから、これからも新しい技術を受け入れるのは、車好きとして自然なことではないか。これから生まれる新しい技術――パワーではなく効率を、スリルではなく安全を追求する車を楽しむべきだ。

分かっていても、俺はまだ恐竜の夢を見ている。滅びないうちに、12気筒エンジン車のアクセルを思い切り踏みこむ――その欲望は、消せそうにない。

31 男は米を食え

「肉はいくら食ってもいいんです」Wが自信ありげに断言した。今日は、仕事仲間のWとの会食。ちょっと値の張る中華料理屋で、ちょうど「牛肉の中華風ステーキ」が目の前にあった。

「いくら食ってもって……」俺は目の前の皿を見下ろした。

「昼飯に1ポンド、全然OKです」

お前はアメリカ人か、と突っこみたくなった。1ポンド＝450グラム強。「0・5キロ」と考えると気が遠くなる。確かに俺も、20代の頃は平気でそれぐらいの量を食べていたのだが……。

ふいに、学生時代によく通った下北沢のステーキハウスを思い出す。和牛の柔らかさとは縁遠い、硬いステーキを出す店だった。噛んでいるだけで顎が疲れるような……しかし、旨味(うまみ)の多い肉ではあった。調味料を自分で調整できるから、ちょっと醤油を垂らしてバターと絡め、それで米をかきこむ快感と言ったら……

あの店では、主役はステーキではなく米だったのではないか、と思う。実際、ファミレスに毛の生えたような店だったのに、米だけはいつも美味く炊けていた。

そう話すと、Wが残念そうに笑った。

「その米が問題なんですよ。肉はいいんです。タンパク質は、体を作るのに重要ですから」

Wの言葉は重い。Wは去年1年間で、10キロの減量に成功しているのだ。1年で10キロはかなり強硬なダイエットなのだが、「やつれた」感じはしない。運動と食事の組み合わせが上手くいったのだろう。ダイエット成功後、Wはあれこれと蘊蓄を語るようになった。相当研究してきたのは間違いないし、成功者の言葉はそれなりに重い。

Wが、切り分けられたステーキを箸で摘み、口に運んだ。一杯に頬張って、嬉しそうな笑みを浮かべる。俺もそれに倣った。確かに美味い。少し甘めの味つけが、肉の旨味を引き出しているように思う。ふと考えてしまうのは……。

「これで白い飯を食ったら美味いよな」

「馬鹿言わないで下さい。それじゃ、全て台無しなんです」

「だけどこの味つけ、米に合いそうじゃないか」

「それが間違ってるんですよねえ」Ｗがにやにや笑いながら言った。「いいですか、肝心なのは、食べるもの全体の量を減らすことじゃないんです。食べる種類を変えることなんですよ。もちろん、食べ過ぎたら意味はないですけど、白いご飯を食べなければ一番効果的なダイエットになりますから」

「糖質ダイエットか」

「これ、本当に効きますよ」Ｗが自信たっぷりに言った。「無理しないでいいから、助かるんです。ダイエットっていうと、いつも腹が減ってる感じがしますけど、そういう苦しみとは無縁ですからね。酒だって、種類を選べば呑めますし」

「で？　何を避ければいいんだ」

早くも次の料理が運ばれてきた。黒酢の酢豚。

「これはＯＫですね。肉類は、基本的に何を食べても問題ありません」Ｗが豚肉の大きな塊を口に放りこんだ。

食べてみて、俺はまた白米に思いを馳せる。基本的に俺は、「米食い」だ。酒を呑まないせいもあって、こういう味の濃い料理を食べると、途端に白い米が頭に浮かんでしまう。もっと気楽な街場の中華料理屋に行けば、ラーメンやチャーハンには目もくれず、一品料理と白米を頼む。

「食べちゃ駄目なのは？」

「パン、ラーメン、ジャガイモやサツマイモ、果物もよくないですね。酒はビールや日本酒は避けるべきでしょう。蒸留酒は大丈夫ですよ。焼酎とかウイスキーとか」Wが指を折って数えた。「厳密に言えば、この酢豚もちょっと問題ありますけどね。豚肉に小麦粉をつけて揚げてるでしょう？　小麦粉も糖質ですから。甘酢の砂糖も問題ですよねえ」

「要するに、主食をカットしろっていうことか」

「簡単に言えば、そういうことです。外食が多いとなかなかそうもいきませんから、昼だけとか夜だけとかでも、それなりに効果が出ますよ。もちろん、徹底して食べ物を選んで、合宿みたいにして食べていれば、あっという間に痩せますけど、普通はそんな風にはできませんからね。俺も、そんなに無理してないですよ」

「味気なくないか？」

「慣れますよ。結局、習慣ですから」

ああ、しかし……。

俺は本当に米が好きだ。怖いことに、最近は炊飯器の性能が格段にアップし、いつでも美味い米が食べられる。他の食べ物は全て、米を美味く食べるために存在する。

俺の頭には、理想の米——米の食べ方がある。握り飯だ。ただし、魚沼（うおぬま）のコシヒカリの新米を釜で炊き上げ、上等の塩だけで握る。実は一度、現地でそういう握り飯を食べたことがあるのだが、この時は言葉を失った。おかずがいらない。それだけで十分、腹一杯になるまで食べられた。

その話を披露すると、Ｗが力なく首を振った。

「今さら白米信仰はないと思うけどなあ」

「分かるけど、美味い物は美味い」

「でも、いつもダイエット中って言ってるんだから、新しいやり方も試してみたらどうですか？　運動だけじゃ痩せないし、食べ物に気を遣って体重を減らす方がよほど楽だから」

エビチリが運ばれてきた。エビチリ……俺にとって、中華料理の中で最高の飯の友である。海老（えび）そのものもそうだが、余った甘辛いソースを白米にかけて一気にかきこむ快感は、何物にも替え難い。

爽やかな歯ごたえの海老を食べて、俺は我慢できなくなった。手を上げてウエイターを呼び、飯を持ってきてもらうように頼む。

「あーあ」Wが残念そうに言って、肩をすくめた。「ここでご飯を食べたら、何にもなりませんよ」

「どうでもいいよ。美味い物を食べるのを我慢してまで痩せてもしょうがない」

「太っても知りませんよ」

何とでも言え。

ダイエットの基本は、インプットされるカロリー量を、アウトプットする量が上回ればいい。飯を食ったら走る。簡単なことだ。

明日から、ランの時間を2倍に増やす。決死の覚悟で、俺は小さな茶碗(ちゃわん)の白米にエビチリをぶっかけた。

32 文庫を持って街に出る

バッグに何を入れていますか？

ビジネスマンには定番の話題だろう。仕事によって全然違うはずだが、だいたい共通している物もあるはずだ。手帳、携帯電話、メモ帳、ペン類、タブレット。

「それと文庫本ですか」Nがどこか馬鹿にしたように言った。

「悪いかよ」俺は長年読みこんできた愛読書の1冊、ローレンス・ブロックの『八百万の死にざま』を手にした。実は読み過ぎてぼろぼろになり、これが2冊目である。最初に手にしたのは、かれこれ25年も前だろうか。以来、年に1回は必ず読み返す1冊だ。

「悪くないですけど、今時本を持ち歩くのはどうなんですか？」

「じゃあ、お前はどうしてるんだよ」

「タブレットに決まってるじゃないですか」Nが自慢気に、自分のバッグからタブレットを取り出す。「これ1台で済むし、紙の本より電子書籍の方が安いですからね」

「それで、何を読んでるんだ?」それこそ、俺には理解できない世界である。

商売柄、俺は電子書籍が読めるタブレットを早くに手に入れていた。何だかんだでガジェット好きなせいもある。だが、すぐに買ったことを後悔して、タブレットで本は読まなくなった。

何というか、読みにくいのだ。

日本語は、縦書きにも横書きにも対応している。しかしタブレットそのものは英語圏の産物であり——それを言えばパソコンもそうだ——基本的には横書きの方が読みやすい。日本語の縦書き表示に対応させるために、多くの技術者が苦労してきたことは知っているが……それとこれとは別である。

「で、お前、タブレットで何読んでるんだ?」俺は質問を繰り返した。

「新書とかが多いですかね。雑誌感覚で。本屋に行ってる時間もあまりないし、助かるんですよ」

「ふうん」何だか気に食わない。本屋には、時間を削ってでも足を運ぶべきである。あそこは夢の国だ。あらゆる人のあらゆる人生が、それほど広くないスペースに詰まっている。「小説は？」

「読まないですねえ」

「タブレットだと、小説みたいにじっくり読む本は馴染まないんだろうな」

「特に、海外ミステリはね……苦手なんですよ」

「俺の前でそんなこと、言うなよ」俺は思わず苦笑した。常々海外ミステリのファンを自任している俺からすれば、「苦手」という人間がいるのが理解できない。

「何で苦手なんだ」

「ほら、人の名前が覚えられないっていうか」

「ああ、お前、高校の時に世界史じゃなくて日本史を取っただろう」

「ええ」

「漢字じゃないと、人の名前が頭に入ってこないんだな」

「そうなんですよ」Nがやけに力強くうなずいた。「土地の名前とかもそうですし、やっぱり日本人なんですかね。馴染んだ物から離れたくないっていうか」

それがそもそも、俺には理解できない。

人は何故小説を読むか——百人に聞けば百通りの答えが返ってくるはずだが、俺の場合は、知らない世界を知ることができるから小説を読む。自分では経験できない他人の人生を、活字を通して体験するのがいいのだ。特に海外ミステリでは、日本人には馴染みのない風習、食生活、考え方などに新鮮なショックを受けることが多い。

それでも、アメリカやイギリスの小説の場合は、あまり違和感なく読むことができる。ところが最近流行の北欧ミステリでは、今でも驚かされることが多い。フィンランドの小説で、「温度計はマイナス三十二度。暖かくなってきた」という一節を読んだ時には、思わず誤植ではないかと疑った。日本で、本州にいたらまず経験できない寒さの中で、日々生きている人たちが確かにいるのだ。その寒さが独自の文化を呼び……と考えると、ひそやかな興奮を覚える。

「でも、文庫本でも本は本でしょう？　タブレットなら何冊でも持ち歩けるし」

既にタブレット原理主義者になっているNは、何故か俺が文庫本を持ち歩くのを納得できない様子だった。

「その日の気分で1冊を選んで持ち歩くのがいいんじゃないか」

『八百万の死にざま』は、都会に生きる人間の孤独を嚙み締めたい時に。小難しい本ばかり読んで頭が混乱した時は、すっきりする冒険小説――例えば『深夜プラス1』を。人の哀(かな)しみをしみじみと味わいたい時には『サイレント・ジョー』

を。

　海外ミステリの文庫には、その時々の気分に応じてぴったりの物がある。日本の小説とまったく同じなのだ。それを「カタカナが頭に入らない」という理由で無視するのはいかがなものか。

「説教、なしですよ」機先を制してNが言った。

「別に説教はしないよ」

「そうですか？　だいたい、蘊蓄を一通り語った後で、『お前は』ってなるでしょう」

　Nが恨めしそうに言った。そんなに説教してるかな、と俺は首を傾げた……まあ、してるか。何となく、Nには隙があるのだ。何も考えず、ただだらしなく生きているだけというか。

「これ、持ってけよ」

　俺は、カバンに忍ばせておいた文庫を取り出した。Nがふっと表情を緩めて笑う。

「自分の本じゃないですか。自分の本、普通に読むんですか？」

「違うよ。お前みたいに小説を読まない人間を教育するためだ」

「宣伝じゃないですか」

「小さなことから始めるのが大事なんだよ」

「まったく、ねえ」苦笑しながらNが本を手にした。「ま、いただけるものはいただいていきますけどね」

「そうだな。じゃあ、俺は行くから」

「どこへ？」

「本屋。バッグの中に、文庫本がいつも2、3冊入ってないと不安だから」

そう、街を歩く時、バッグに加わるかすかな重みに、俺は頼り切っている。

33 音はどれだけ違うのか？

楽器店でギターを試奏する時は、いつも非常に居心地が悪い。これみよがしに弾きまくるのは恥ずかしいし、さらっと鳴らしただけではそのギターの癖が分からない。それなりに時間をかけつつ、できるだけ平静を保ち――そしてその間はずっと、店員の呆れたような視線に耐えねばならない。毎日何十人もの客の試奏を聴く店員がうんざりするのも当然だが。

結局この日、俺は3本のギターを試奏して店を出た。そろそろタイムリミットが近づいているのだが、今日も決められなかった。

駿河台下の交差点に向かって歩き出すと、Hが耳の上を掌のつけ根で叩いた。まるで耳の中に入った水を出そうとするように。

「何か？」

「すごい爆音で弾いてましたよね」Hの声は普段よりずっと大きい。自分の声さえはっきり聞こえないようだ。

「そんなことない。ライブでは今よりずっと大きな音量で弾いてるよ」

年1回、俺は知人のライブに誘われてギターを弾きに行く。毎年恒例のその行事が、来月に迫っていた。そのために新しいギターを手に入れるのも、毎年のことである。買っては売り、買っては売り……俺の前を、今まで何本のギターが通り過ぎていっただろう。そんな生活が、もう何年も続いている。

「そうかもしれませんけど……そもそも、何で毎年、ライブの度に新しいギターを買うんですか？　ギターなんて、大事にすれば何十年も弾けるでしょう？　はっきり言って、無駄ですよね」

試奏に無理矢理つき合わせてしまったことに怒っているのかと思ったが、Hの顔を見ると平常運転の表情だ。どうやら本気で、俺の行動を疑問に思っているらしい。

信号で道路を渡り、明治大学のすぐ近くにある古瀬戸珈琲店にHを誘う。「喫茶店」と聞いた時に、俺が真っ先にイメージする店だ。もっとも彼女は、この店に来ても自慢のストレートコーヒーではなくカフェオレを頼む。まったく、コーヒーのことがまるで分かっていない。

「ギターは1本1本違うんだよ。やる曲に合わせないと」

「そうなんですか？　でも、ずっと同じギターを使ってる人もたくさんいますよね」

おっと……Hはロックのことなどほとんど知らないはずなのに、これは核心を突いた発言ではないか。

エリック・クラプトンなら《フェンダー・ストラトキャスター》、ジミー・ペイジなら《ギブソン・レスポール・スタンダード》――確かに、名前を出せば愛用しているギターのイメージが即座に浮かぶギタリストもいる。

一方で、頻繁にギターを持ち替える人も珍しくない。ゲイリー・ムーアなど、キャリアの時期によってメーンのギターがまったく違う。エアロスミスのジョー・ペリーに至っては、ステージに何十本もギターを並べて、ほとんど1曲ごとに持ち替えるので有名だ。俺はどちらかというと、このタイプ……そう説明しても、Hは納得しなかった。

「どれでも同じように思えるんですけど」

「いやいや、ギターは種類によって音が全然違うし」

「そうですかあ？」

Ｈが疑わしげに言って首を傾げた。俺としては、その年に披露する曲のイメージに合わせてギターを選んでいるつもりなのだが……。

「使っている木材、電装品によって、音は変わってくるんだよ」

マホガニーのボディは中域に寄った、太く温かみのある音がする。これにメープルを組み合わせるとアタックが強くなり、高域が強調されて煌びやかさが増す。アルダーは枯れた感じ、アッシュは音の抜けがいい……音を拾うピックアップの種類も千差万別で、組み合わせによってエレキギターが出す音の種類は無限だ。

それに加えて、弾き心地が自分に合うかどうかの問題もある。ネックの太さ、重さ、それらが全て自分の好みに合うギターなど、まず存在しない。ギターを弾き始めて40年にもなるのだが、未だ「理想に近い」ギターにさえ出会えていないと思う。だからこそ、店員の呆れたような視線に耐えながら、楽器屋巡りもやめられないのだ。いつか、たまたま手にしたギターが、完璧な弾き心地と、「これぞ俺の音」というサウンドを提供してくれるのではないか——。

「毎年やる曲の傾向が違うから、ギターを変えるんですか？」

「それはある」

恒例のライブには毎回ゲストが何人も参加するので、曲調はバラエティに富む。

俺は気を遣って、他の人と被らないように選曲しているので、ブラック・サバスを演奏した翌年はイーグルス、ということも珍しくない。ヘヴィ・メタル向きの派手な変形ギターで、イーグルスの爽やかな曲を弾いたら、ミスマッチも甚だしい。

「結局、これしかないっていうジャンルをやってないから、毎年ギターを新しく買うんじゃないですか？」

確かに。ちょっと痛いところを突かれて、俺はコーヒーを一口飲んだ——いやいや、こんなことで論破されたくない。Hはクソ生意気で口達者だが、この件だけは譲れない。

「もしも、俺が自分の好きなジャンルの曲だけ演奏することになっても、毎年ギターは変えるだろうね」

「もしかしたら、自分へのご褒美だって思ってません？」

「いや、そうじゃない。理想の音を探してるんだよ」

誰それのような音を出したい、というのはアマチュアギタリストの共通の願いだ。しかし、憧れのギタリストとまったく同じ機材を使っても同じ音にはならない。楽器の個体差に加え、弾き方の癖もあるからだ。だいたい、俺のように40年もギターを弾いている人間なら、アマチュアとはいえ「憧れの音」ではなく「自分なりの個性的な音」を出したくなる。その追求は永遠に続くだろう。そしてたぶん、答えは得られない。「これだ！」という音には永遠に出会えない気がする。

基本的には中域に寄った密度の濃い音、弦をヒットした時に「くっ」と引っかかりのある音が好きなのだが、頭の中にある理想の音を出せるギターには、未だに出会っていない。

だいたいそれを言い出せば、ギターだけの問題ではないのだ。アウトプットのためのアンプ、それをギターとつなぐシールド、弦を弾くためのピックや音色を変えるエフェクター――様々な材料が複雑に絡み合って、「その人の音」が完成する。ついでに言えば、その日の気温や湿度によっても音は変わってくる。ある日は理想に近くても、次の日には「何だこれは？」と耳を覆いたくなる音になってしまうことも珍しくない。

「俺は求道者なんだ」Ｈの顔を見ながら真面目に告げる。「本当に出したい音を求めて、いろいろなギターを試してるだけなんだよ」

「うーん……でも、私には、毎年同じ音にしか聴こえないんですけど。さっきの３本のギターの音も、何が違うか全然分かりません。毎年新しいギターを買うのは、やっぱり自分へのご褒美なんじゃないですか？」

ご褒美っていうのは、働いたことに対する評価だ。俺は自分へ褒美を出すほど一生懸命働いていない。少なくとも、今探している高価なギターに見合うような仕事はしていない——そう思ったが、口には出さなかった。この議論は、永遠に平行線を辿るだろう。そう……この世には2種類の人間しかいないことを俺は悟った。

すなわち、ギターを弾く人間と弾かない人間だ。

解　説

進藤やす子

私は堂場さんにお会いしたことがありません。

でも本書をニヤニヤしながら読んでしまいました。なんかもう「ハードボイルド」が過ぎて、愛おしさすら感じてしまうんです。

おそらく秘書のHさんもそんな気持ちで日々接しているのではないでしょうか。

サングラス選びにつきあった時も、

「(どれでも)いいんじゃないですか♡」

みたいなスタンスがビシバシ伝わって来て、そこがまたいい。

ふつう自分の興味のないことを掘り下げて語られたら辟易(へきえき)しそうなものなのに、堂場さんのこだわりっぷりには、なんだか「ヤレヤレまたなの？」と呆(あき)れながらも聞いてしまいそうな魅力があるのです。

あ、いや……よほど自分と遠いところにある案件に関しては「生暖かく見守る」ふりしてスルーという可能性もなきにしもあらずですが……(笑)。

まぁでも私にも「こだわり」がない訳ではないのです。

絵を描くことを生業としているので、毎日使う鉛筆はuniよりSTAEDTLERが好きだし、そのどちらも置いてなくて急遽(きゅうきょ)お安め価格の鉛筆で間に合わせると、いざラフを描き始めた途端、芯の堅さがしっくりこなくて「これじゃない感」がものすごい。

さらに、鉛筆のラフ画を製図用のペンでなぞってコピーしたものを、コピックマーカーで着彩……という工程をとるのだけど、このコピーがなかなかの肝で、セブンイレブンに置いてあるコピー機が一番黒インクの乗りが気に入っていて他のコンビニ(のコピー機)ではダメ。なので仕事場を引っ越す際も近くにセブンがあることを重要視して物件探しをするくらい。

……とまぁ書いてみたものの大半の方が「なんのこっちゃ」状態で、もしこれがPC上の文章ならすごい勢いでスクロールされていることでしょう（苦笑）。

ハマっている理由がごく個人的な感覚の「好き」に基づいているので、共感出来ない上にこれを聞かされても自分の蘊蓄にもならない。

この鉛筆とコピー機は「必需品」ですが、「嗜好品」になるともっと感覚的なものによるところが大きくなります。

私はファミリア製のスヌーピーのぬいぐるみ（通称クラシックスヌーピー）が大好きなのですが、それはスヌーピーを最初に日本に輸入したのがファミリアだから、とかそんなたいそうな理由ではなく、ただ単に「ファミリア製のスヌーピーの顔が好きだから」という理由だけで30ウン年好きが続いています。

ちょっと例がニッチなので、もっと一般的な例に寄せるべく女性の口紅に置き換えてみます。お気に入りのよく使う口紅は、カップにつきにくいとか落ちにくいとか潤いがあるとか、機能性に優れたものであることをベースにしつつも、最終的な決め手は「なんか可愛い」「持ってると気分が上がる」などという極めてざっくりした「感覚的」なものだったりします。

堂場さんが「最終兵器」と書かれている靴にしてみても、女性も靴好きは多いのですが（私も多分に漏れずそのひとりで、イメルダ級ではないにしても一時期はかなりの靴を所有していました）、歩きやすいとか、きちんと見えるとかは二の次で「ターンテーブルに載せて眺めていたい♡」と思うような３６０度美しいフォルムや、発色の良さに惚れ惚れして買い集める……という方が多い気がします。

少なくとも私はそうでした。

ヨーロッパの言い伝えに「いい靴はいいところへ連れて行ってくれる。だから女の人は素敵な靴をはくと幸せが訪れる」というものがあり、最近は本のタイトルにもなったりしているように、「この靴のブランドはとても歴史があって云々かんぬん」と語られるよりも、このメルヘンな諺のほうが女性には刺さるのです。

たぶん右脳で物を考えてるが為に（もっと極端に言えば、子宮で物を考えているかも）（笑）、文中にある「男は歴史に弱い。物語に弱い。王室御用達にも弱い」というのに「わかるわかる〜！」となりにくいのかもしれません。

そして、昨今の若い人がジェンダーレス化しているためか、男性も女性のように感覚的な物の選び方をする人も増えている気がします。

私がダントツに好きなシーン、細身の黒いトレンチコートを着こなして現れたおしゃれな若い友人Mさんに、

「最近のトレンチは、みんなそんな感じだよな」

「何でだ？」


と問う堂場さん。

おそらく聞かれてもMさん、明確な理由を説明できません。だって多分そのトレンチ「お。なんか仕立てもシルエットもきれいだな」という右脳派的な感じで買って着てると思いますもん。

もうこの「何でだ？」が最高すぎて可愛さのメーターを振り切ってます（笑）。

バリバリ仕事を精力的にこなす大人の男性が、物への愛情と蘊蓄を持ち合わせながらもこんな風に偉そうじゃない面を出すと、そのギャップに愛おしさを感じそう。

え？　これ堂場さん、狙ってやってないですよね？？？

ジェンダーレスといえば私は美大の出身なのですが、学内に男性はいるものの、中性的だったり、極めて自分の感覚を物差しに生きているような人が多かったので、わかりやすい「ギア好き男子」は周囲にいませんでした。

そんな環境を、メーカーに総合職として入社したのをきっかけに脱することになり、ある日「ギア好き男子」ならぬ「ギア好きおじさん」との出会いがやってきました。

入社1年目の冬にいくつかの部署から成るとあるプロジェクトメンバーに選ばれ、結構な頻度で打ち合わせを重ねていたので、干支（えと）が1周するくらいの年の差だったプロジェクトリーダーともかなり仲良くなりまして。

（ちょうど堂場さんとHさん的な感じですかね）

ある時そのプロジェクトの仕事終わりで、リーダーと食事に行くことになったのですが、その前に、オーダーしていたスーツが出来上がったとかで「ビスポークギャラリー」に寄りたいというではありませんか。言われるがままについて行くと、仕上がったスーツを前に
「このポケットのRがまたいいんだよな〜」などと、打ち合わせでは見せたことのないキッラキラの笑顔で嬉々としてしゃべり続けるリーダー。

私としては「そんなことより早くご飯に行きたいな」と思いつつも、

「あれ？　なんだかこのおじさん可愛いかもしれない」

と初めてだいぶ年上の人に対して「可愛い」という感情を抱いたことを、本書を読んで思い出しました。

（おじさんと言っても、思い返すと当時のリーダーはまだ30代半ばだったのだけど）（苦笑）リーダー元気にしてるかしら。今50代半ばに差し掛かっているはずですが、きっと堂場さんのようにギア好きおじさん健在なんだろうなぁ（笑）。

そんなこんなで、

「うんうん、やっぱり男と女は物差しが違うからこそ（困ったことに）いつまでも理解し合えずだからこそ興味深いんだわ」